W0409636

Martin Mittelmeier

Heimweh im Paradies

Thomas Mann in Kalifornien

DUMONT

1938

Goethe in Hollywood

Endlich ist wieder etwas Ruhe. Den ganzen März ist er durch die USA getourt, von Ost nach West, von New York, Washington, Philadelphia über Chicago und Stationen in Missouri, Oklahoma und Utah nach Los Angeles. Überall brachte er seinen Vortrag zum »zukünftigen Sieg der Demokratie« zu Gehör.

In Los Angeles hat Thomas Mann den Vortrag im »kolossalen Amphitheater« des Shrine Auditorium gehalten, das Platz für 6000 Leute hat. Jetzt macht er hier mit seiner Frau Katia und seiner ältesten Tochter Erika einen knappen Monat Pause. Sie haben sich in einem Bungalow des prächtigen Beverly Hills Hotel am Sunset Boulevard eingemietet, ungefähr auf der Mitte zwischen Downtown Los Angeles und dem Pazifik – jenes Hotel, das mit seiner palmenumstandenen Auffahrt und den drei runden Türmchen eines der vielen ikonischen Bilder von Los Angeles liefert. Die Eagles werden es auf dem Cover ihrer Schallplatte »Hotel California« abbilden. Das Frühstück ist zu Ende, Mann zieht sich in den Nebenraum zurück und die Schiebetür zu. »Es ist gut, wieder zu schreiben«, schreibt er. Mann weiß das Spektakuläre seines Rückzugsorts durchaus zu schätzen. In der Sonne sind »alle wilden Farben van

Goghs; die Luft so rein, man hätte sie nicht nur atmen, man hätte sie trinken mögen«, staunt Vicki Baum, die Autorin von »Menschen im Hotel«, über die Atmosphäre der Küste von Los Angeles. Doch nun ist das Licht für Thomas Mann zu wild und zu hell; um schreiben zu können, zieht er die Jalousien zu, die Palmenfächer sind trotzdem noch zu sehen, und der Duft der Orangenbäume, die in Blüte und Frucht zugleich stehen, ist ohnehin omnipräsent. Aber das ist für Mann nicht von Bedeutung. Wichtig ist ihm der diskrete Luxus, das hergerichtete und umgehend wieder abgeräumte Frühstück, dass er keine Zeit und keine mentalen Kapazitäten für unerquickliche Verrichtungen verliert. Wenn das gewährleistet ist, dann ist es eigentlich wie überall: Tisch, Sessel, Lampe, Bücherreihe, Thomas Mann. Zuhause ist, wo er schreiben kann.

»Der zukünftige Sieg der Demokratie« ist ein optimistischer Titel für seinen Vortrag, denn just in diesem März 1938 hat Hitler mit dem Anschluss Österreichs der Demokratie eine weitere empfindliche Niederlage zugefügt. Aber genau das will er seinen Zuhörern deutlich machen: dass die Demokratie nur siegen kann, wenn sie auch siegen will. Laut Mann gelingt ihr das nicht mit den ihr gemäßen Mitteln des Abwägens, Entgegenkommens, Verhandelns. Der Faschismus will nicht abgewogen werden, will nicht, dass ihm irgendetwas entgegenkommt. Und schon gar nicht will er seinerseits abwägen oder entgegenkommen. Die Strahlkraft des Faschismus bestehe ja gerade darin, diese Momente rationaler Politik als vergangen und unzeitgemäß zu disqualifizieren. Und sich als das Prinzip von Vitalität und Dynamik gerieren kann, das nun an der Zeit sei.

Das geografische Zuhause ist für Mann mit dem Anschluss Österreichs ein Stück weiter in die Ferne gerückt. Er lebt seit 1933 in der Schweiz, aber ist sie nach diesem März nicht auch zu unsicher geworden? Gut, dass er für ein Zuhause nicht mehr als Tisch, Sessel, Bücherreihe und dienstbare Geister braucht. »Was verschlägt es, daß ich ›weit weg‹ bin? Weit weg wovon? Etwa von mir?«, schreibt er in seinem Apartment in Beverly Hills.

Trotz der Vortragspause sind die Manns in diesem Monat ständig unterwegs, wenn auch nur im Umkreis von Los Angeles. Der Literaturnobelpreisträger und auch in Amerika erfolgreiche Autor wird hofiert und eingeladen. Zahlreiche Freunde, Bekannte und Kollegen sind in Los Angeles schon heimisch geworden, haben Deutschland in den 1920ern wegen der aufregenden neuen Möglichkeiten des Filmgeschäfts verlassen oder sind bald nach Hitlers Machtantritt emigriert. Sein alter Freund aus Münchener Tagen, der Schriftsteller Bruno Frank, gibt mit seiner Frau Liesl den Manns zu Ehren eine Gartenparty in ihrem Zuhause am North Camden Drive, in dem vorher Charlie Chaplin gewohnt hat – die Manns könnten von ihrem Hotel aus einen zwanzigminütigen Spaziergang dorthin unternehmen, wenn man in Los Angeles spazieren gehen würde. Hundert Leute genießen »heavenly Kuchen und Kirschwasser« und die reizvolle Mischung aus Wiener Kaffeehaus und amerikanischem Get-together. Mann trifft den Regisseur Ernst Lubitsch, den Theaterzauberer Max Reinhardt und Carl Laemmle, den Studiochef von Universal, der mit siebzehn Jahren in die USA ausgewandert ist. Reinhardt lädt die Manns später in seine pompöse Villa in den Hollywood

Hills ein: weit weg vom Pazifik, aber mit einem atemberaubenden Blick auf ein anderes Meer, das metaphorische Meer der Lichter von Los Angeles, das dort weit unter einem liegt. Reinhardt konnte sich das unter anderem von der hohen Gage für die Verfilmung seiner Inszenierung des »Sommernachtstraums« leisten, die in der Freilichtbühne Hollywood Bowl, nicht weit von dieser Villa entfernt, erfolgreich Premiere hatte. Im Hintergrund der Bowl ist der »Hollywoodland«-Schriftzug zu sehen, das »land« wird erst 1949 entfernt.

Laemmle lädt Mann in seine Studios, auch bei MGM kann Mann die Trickwelt der künstlichen Szenerien von Dschungel, südfranzösischem Hafen und deutscher Kleinstadt bewundern, bei Jack Warner, einem der Warner Brothers, nimmt Mann an einem Fundraising-Diner teil. Er trifft Walt Disney, mit dem er menschlich nicht warm wird, dessen Innovationen ihn aber beeindrucken. Man zeigt ihm den Rohschnitt des »Zauberlehrlings«, und er sieht sich »Schneewittchen« an. Was sich mit dieser Trickfilmtechnik für Möglichkeiten eröffnen, mühelos kann man Zeit und Raum überwinden und sich zugleich in die wunderbarsten, sonderlichsten Details verlieren! Das passt zu Manns Riesenprojekt, den Roman über Joseph, den Sohn des biblischen Jaakob: »Joseph und seine Brüder«. Mann hat es in den 1920er-Jahren begonnen, drei Bände sind bereits veröffentlicht, aber er ist noch immer nicht fertig. Die Welt der Filmstudios ist auch deswegen für Mann interessant, weil die Möglichkeit einer Verfilmung der Joseph-Romane im Raum steht. In den MGM-Studios kann Mann Robert Montgomery beobachten, einen der großen Stars dieser

Jahre, den Mann sich gut als Besetzung für Joseph vorstellen kann.

Bei Vicki Baum sind die Manns zu einer Soiree geladen. Die Verfilmung von »Menschen im Hotel« unter dem Titel »Grand Hotel« mit einem Großaufgebot an Stars wie Greta Garbo und Joan Crawford war ein Riesenerfolg. Baum hat zudem einen lukrativen Vertrag mit MGM für Drehbucharbeiten, und so kann Thomas Mann bei der Soiree besichtigen, zu welchen Annehmlichkeiten Erfolg in Los Angeles führen kann. Baum hat sich in Pacific Palisades, in der Gegend, die findige Immobilienmakler Riviera getauft haben, am Amalfi Drive eine zweistöckige Villa im spanischen Stil mit fünf Schlafzimmern und sechs Bädern auf insgesamt 650 Quadratmetern Wohnfläche bauen lassen. Eine breite Fensterfront im Arbeitszimmer eröffnet den Blick auf den Canyon und den 3000 Quadratmeter großen Garten, Swimmingpool inklusive. Auch dort treffen die Manns auf zahlreiche Gäste, die meisten aus Deutschland und Österreich. Arnold Schönberg ist da, der große Erneuerer der Musik, der mit der Zwölftontechnik eine ganz neue Methode des Komponierens entwickelt hat. 1933 sind die Schönbergs nach Amerika emigriert, 1936 sind sie in ein zweistöckiges Haus in Brentwood gezogen, das Viertel, das ein Stück westlich, also näher am Pazifik als Beverly Hills, liegt. Ebenfalls im spanischen Stil, ein bisschen folkloristischer mit den Fensterrundbögen und den rotbraunen Ziegeln. Mit Garten und Teich, aber ohne Swimmingpool und insgesamt deutlich kleiner und bescheidener als Baums Villa. Shirley Temple wohnt schräg gegenüber, mit Stallungen für ihre Ponys auf dem Grundstück. Die Manns begegnen auf der Soiree dem Architekten Richard Neutra, der schon in den 1920ern nach Kalifornien kam und mit seinem Baustil die Physiognomie Los Angeles' mitprägte. Er zeigt in den nächsten Tagen Thomas Mann ein paar der von ihm entworfenen Häuser, man weiß ja nie, vielleicht will der Nobelpreisträger ja hier Wurzeln schlagen, wie all die anderen vor ihm. Allerdings baut Neutra Häuser in einem moderneren Stil, als es von den meisten Emigranten geschätzt wird. Die fühlen sich, wie Baum oder Schönberg, wohler, wenn sie von historisierenden und kulturellen Anleihen umgeben sind. Auch Mann muss bei der exklusiven Führung feststellen, dass er Neutras kubistischen Glaskasten-Stil, wie er ihn nennt, nicht besonders mag.

Alles anregend. Aber auch aufreibend. Deswegen ist es gut, wieder im Beverly-Hills-Zimmer zu sitzen und schreiben zu können.

Ob das Exil nicht beschwerlich sei, wurde er von den Journalisten gefragt, als er für die Vortragsreise in New York ankam. Beschwerlich schon. Aber man müsse sich nur die momentane Atmosphäre in Deutschland vergegenwärtigen, um sich sofort daran zu erinnern, dass es wahrlich kein Verlust sei, nicht dort zu sein. Und dann fällt im Interview der berühmt gewordene Satz, den er jetzt auch auf das Blatt vor sich in seinem Apartment schreibt: »Wo ich bin, ist Deutschland«.

Was für eine Anmaßung: Nur der nobilitierte Großdichter ist also legitimiert, darüber zu bestimmen, wer und was deutsch ist. Man kann es aber auch ganz pragmatisch verstehen: Wo anders als in einem selbst sollte aufbewahrt sein, was einem zu dem gemacht hat, was man ist. Egal, wohin es einen verschlagen hat oder wohin man verschlagen wurde. »In den Arbeiten, die ich mit mir führe, ist meine Heimat. Vertieft in sie, erfahre ich alle Traulichkeit des Zuhauseseins«, notiert Thomas Mann.

Er könnte jetzt also in diesem Sinne an seinem aktuellen Romanprojekt weiterarbeiten, dem Roman, den er vor der Wiederaufnahme des Joseph-Komplexes eingeschoben hat und der die Frage nach dem Deutschen in ihm und überhaupt an einer dafür idealen Figur verhandelt: an Goethe, dem deutschen Nationaldichter schlechthin, den in Manns Roman »Lotte in Weimar« die alte Jugendliebe wieder aufsucht. Das könnte ein durchaus angenehmes Zuhause sein: Palmen, überhelles Licht, Orangenduft und der Trost des Dichterfürsten als Abwehrzauber gegen den barbarischen Wahn, der sich gerade herausnimmt, Deutschland zu beherrschen.

Aber Thomas Mann will in seinem inneren Zuhause nicht vor der Realität fliehen. Nicht in diese seltsam irreale Welt, in der er sich gerade befindet, und auch nicht in eine vermeintlich ideale Vergangenheit. Der Goethe, dessen inneren Monolog Mann bald schreiben wird, trägt deutlich Züge von Thomas Mann. Insgesamt, aber auch und gerade, was seine momentane Situation und sein Verhältnis zu den Deutschen anlangt. »Sie mögen mich nicht – recht so, ich mag sie auch nicht, so sind wir quitt«, legt er seinem Goethe in den Kopf: »Sie meinen, sie sind Deutschland, aber ich bins, und gings zu Grunde mit Stumpf und Stiel, es dauerte in mir.«

Auch Aldous Huxley, der Autor von »Schöne neue Welt«, und seine Frau Maria haben sich in Los Angeles niedergelassen, die Manns kennen sie bereits von der gemeinsamen früheren südfranzösischen Exilstation Sanary-sur-Mer. Sie unternehmen einmal gemeinsam einen Ausflug an den Pazifik, ein bisschen südlicher als die überfüllten Strände von Santa Monica oder Venice, und tatsächlich, sie haben Glück, der Strand ist menschenleer. Es ist Vormittag, die Wärme baut sich schon unerbittlich auf, es ist Ebbe, das Meer leuchtet blau-weiß. Die Männer gehen vorneweg, vertieft in ein Gespräch über Weltliteratur. Maria weist sie irgendwann auf die länglichen weißlichen Dinger hin, die überall am Strand verstreut sind. Huxley hat von Jugend an ein schweres Augenleiden, er kann nicht genau erkennen, was es ist. Ist es eine Raupenplage? Ausgerupfte Anemonen? Gänseblümchen? Es sind Kondome. Aber es hat hier keine Orgie stattgefunden, kein Spring of Love. Die Kläranlage ist schlichtweg überfordert mit dem rasanten Bevölkerungsanstieg von Los Angeles und spült die in den Toiletten entsorgten Kondome ins Meer, von wo aus sie an den Strand geschwemmt werden. Der Name der Kläranlage würde Thomas Mann amüsieren, wenn er sich für solche Dinge interessieren würde, sie heißt Hyperion, wie der Titan, wie der Held in Hölderlins Roman, der vor dem unerträglichen Deutschland in die Einsamkeit flieht. Erst mit dem Ausbau in den 1950ern wird Hyperion der Abfallflut und damit auch den Kondomen standhalten, wie Huxley später in einem Essay schreiben wird.

»Sie meinen, sie sind Deutschland, aber ich bins, und gings zu Grunde mit Stumpf und Stiel, es dauerte in mir.« Das schreibt Thomas Mann erst später, jetzt will er sich in seinem Apartment in Beverly Hills ein gänzlich gegenwärtiges Zuhause erschreiben, ohne Palmen- und Dichterfürstenschutz, ohne Flucht. Egal, wo er ist, Deutschland ist immer in ihm mit dabei. Aber wenn das, was in Deutschland gerade geschieht, nicht eine von außen hereingebrochene Katastrophe ist, sondern die Konsequenz oder Zuspitzung von Wesenszügen dessen, was man unter »deutsch« versteht – dann muss Hitler ja auch irgendwie in Thomas Mann drin sein.

»Ein Künstler, ein Bruder«, schreibt Thomas Mann jetzt auf. Eine peinliche Verwandtschaft sei das, aber eben doch Verwandtschaft. Hitler: ein Möchtegernkünstler, wie jeder Künstler einmal einer ist, voll dumpfer Ahnung irgendeiner Bestimmung, voll Verachtung für jegliche vernünftige, ehrenwerte Tätigkeit. Und leider auch noch talentiert. Nicht in der Kunst, aber darin, die Gekränktheit der Deutschen zu bespielen. Thomas Mann hasst Hitler, der ihn dazu gebracht hat, das Tisch-Sessel-Bücherregal-Ensemble seiner Münchener Villa zu verlassen. Aber Hass ist nicht der Affekt, mit dem es sich Thomas Mann heimelig machen könnte. Er muss diesen Affekt herunterregulieren. Freiheit in Zeiten ihrer Bedrängnis besteht darin, sich auch den schlimmsten Phänomenen mit dem ausgekühltesten Affekt zu begegnen, den Thomas Mann kennt: Interesse. »Der Bursche ist eine Katastrophe; das ist kein Grund, ihn als Charakter und Schicksal nicht interessant zu finden«, schreibt er.

Ende April geht die Vortragstour weiter, sie führt Mann auch nach Kanada. Er nutzt diesen Aufenthalt dazu, für sich und seine Frau den Einwanderungsantrag zu stellen, was man von einem ausländischen Konsulat aus tun muss. Denn die Überlegung, das Schweizer Exil in Richtung USA zu verlassen, ist während der Reise und Hitlers Einmarsch in Österreich zum Entschluss gereift. Es hat sich sogar die Vorstellung »eingeschlichen«, in Kalifornien zu siedeln: das Klima, die Landschaft, das Leben ist nicht zu teuer, und für die Kinder der Manns, die sich an einer musikalischen Karriere versuchen, sind die Aussichten an der Westküste besser als anderswo. Und außerdem muss Thomas Mann die Gesellschaft von Bekannten, Freunden, Kollegen hier nicht suchen. Hier findet sie ihn.

1940
Zauberberg in Strandlage

Thomas Mann lauscht dem Grammofon. Das ist nichts Ungewöhnliches. Mann liebt die Musik, und die Szene, in der sich Hans Castorp im »Zauberberg« beim nächtlichen Lauschen am neu angeschafften und Sensation machenden Gerät ein wenig verliert, hat Bekanntheit über den Roman hinaus erlangt. Aber jetzt, im Herbst 1940 am Spoleto Drive, einen Katzensprung vom Strand von Santa Monica entfernt, hört Thomas Mann nicht wie Castorp einige seiner Lieblingsstücke, Aidas und Radames' Duett aus Verdis Oper, Debussys »Vorspiel zum Nachmittag eines Faunes«, diese »Verneinung des abendländischen Aktivitätskommandos«, die tragische Wut Carmens und ihres armen Josés oder Schuberts »Lindenbaum«. Nein, Thomas Mann hört sich selbst. Er hört die Schallplatte, die die Verleihung des Nobelpreises im Jahre 1929 an ihn dokumentiert.

Es ist nicht so, dass Thomas Mann gänzlich frei von Eitelkeit wäre. Aber sich selbst auf das Grammofon gelegt hat er dann doch nicht. Die Manns sind mit ihrem ältesten Sohn Klaus zu Gast bei Rolf Nürnberg, einem Berliner Reporter der Weimarer Republik, wie er im Buche steht: intelligent, scharfzüngig, schnell, unbarmherzig, wenn es um die beste Schlagzeile geht. Nürnberg kannte die USA schon vor seiner Emigration, er begleitete den Boxer Max Schmeling auf dessen U.S.-Tourneen, schrieb Bücher über ihn, schrieb mit an der Kultur der neuen Zeit, zu der Sport so selbstverständlich dazugehörte wie all die anderen Alltagsgroßartigkeiten, Kino, Varieté, die nur die Ewiggestrigen nicht zur Kultur zählten. Aber Nürnberg war unverbesserlicher Zeitungsmann, also plauderte er auch Details aus Schmelings Liebesleben aus, womit es dann zu Ende war mit dem mitschreibenden Begleiten.

Nürnberg wird in Amerika bald aus dem Tritt kommen, die Berliner Schnauze verweigert das Erlernen eines akzeptablen Englisch, Nürnberg verarmt, nimmt Drogen, wird paranoid, stirbt 1949 mit 45 Jahren an einem Herzanfall. Nicht alle, die die Nazis überlebt haben, überleben die Emigration.

Jetzt, im September 1940, ist vom baldigen Niedergang noch nichts zu spüren, Nürnberg ist selbstverständliches Mitglied der Community der deutschsprachigen Emigranten, empfängt in seiner Wohnung in Santa Monica alte und neue Freunde, hört sich mit ihnen Schallplatten an.

Die Manns sind im Herbst 1938, mit 63 und 55 Jahren, in die USA übersiedelt und haben sich in Princeton an der Ostküste niedergelassen, wo Thomas Mann eine Gastprofessur erhielt. Aber Kalifornien hat Mann nicht losgelassen. Katia fühlt sich in Princeton durchaus wohl, sie hat mit Molly Shenstone, der Frau des Physikers Allen G. Shenstone, eine Freundin und Vertraute gefunden. Aber Thomas Mann ist das »Movie-Gesindel« lieber als das akademische Milieu, und da in dieser Familie alles auf sein Wohlbefinden ausgerichtet ist, probieren sie aus, ob Kalifornien auch einem längeren Aufenthalt standhält. Sie haben ein Haus in Brentwood gemietet, in derselben Straße und nur ein paar Hundert Meter von dem Haus der Schönbergs entfernt. Swimmingpool und Garten inklusive. Thomas Mann ist überaus angetan, die »umgebende Landschaft ist wahrhaft toscanisch, die Hügel von Fiesole sind nicht schöner«. Wie gut ihm das Haus gefällt, zeigt sich vor allem daran, dass er am ersten Tag darin wieder angefangen hat zu schreiben. »Lotte in Weimar« ist schon vollendet, aber er hat noch immer nicht mit dem letzten Band des Joseph-Projekts begonnen. Er hat noch einen »indischen Scherz«, wie er es nennt, dazwischengeschoben, die Erzählung »Die vertauschten Köpfe«, mit der er nun rasch fertig zu werden hofft. Großartige, eigentlich ideale Bedingungen. Wenn die Weltlage nicht so eine verzweifelte wäre.

Vor der Nobelpreisverleihung kam bei den Nürnbergs eine andere Dokumentation über einen anderen Nobelpreisträger, in diesem Fall für Frieden, zu Gehör: der Bericht über die Beerdigung Gustav Stresemanns im Jahr 1929. »Die deutsche Seele up to date«, heißt es im »Zauberberg« zu dem seltsamen Grammofon-Gerät: »Das treusinnig Musikalische in neuzeitlich-mechanischer Gestalt«. Stresemann, das ist im Jahre 1940 deutsche Seele schmerzhaft out of date. Der feierliche getragene Ton, in dem der Trauerzug für den Reichskanzler und Außenminister Stresemann beschrieben wird, weht herüber aus einer vergangenen Zeit, als noch Hoffnung bestand, dass Deutschland nach dem Ersten Weltkrieg wieder in die internationale Gemeinschaft zurückfindet. Ab 1929 beginnt die Wirtschaftskrise, beginnt die politische Verrohung, wird der Weg geebnet für die Herrschaft der Nationalsozialisten, der Grund, warum sie jetzt alle hier auf einem anderen Kontinent sind.

Dann erklingt die Nobelpreisverleihung an Thomas Mann. Das ist für Mann kein ungetrübtes Vergnügen. Der Nobelpreis hatte immer den Beigeschmack, dass er explizit für die »Buddenbrooks« verliehen wurde, Thomas Manns Erstlingsroman. Zu einem Zeitpunkt, wo der »Zauberberg« ja schon in der Welt war. Hat das Nobelpreiskomitee möglicherweise recht? War das sein Wurf, und danach kam nichts mehr, kommt nichts mehr? In schwachen Momenten kann Thomas Mann seinem Werk nicht viel abgewinnen, dann findet er »Tonio Kröger« nichts als larmoyant, »Königliche Hoheit« eitel, den »Tod in Venedig« halb gebildet und falsch. Und eigentlich ist es doch noch viel schlimmer, auch über die »Buddenbrooks« ist doch die Zeit hinweg gegangen, ein Bürgerbuch, nichts mehr fürs 20. Jahrhundert. Der »Zauberberg« sei ein »in mehrfacher Hinsicht bemerkenswertes Werk mit bedeutendem Inhalt, aber unter ästhetischen Gesichtspunkten zu weitschweifig und zu schwerfällig, um zu Manns besten Schöpfungen gerechnet zu werden«, urteilte ein Mitglied des Komitees, aber das kann Thomas Mann nicht wissen, als er bei den Nürnbergs hört: »Thomas Mann steht vor dem schwedischen König. Händeschütteln. Thomas Mann verbeugt sich tief. Beifallsturm für Thomas Mann.«

Über Deutschland hat er damals auch gesprochen, ja, er hat seinen Preis dem deutschen Geist gewidmet. Seinen Lieblingsheiligen hat er als Ausdruck für diesen Geist angerufen: den heiligen Sebastian, der von Pfeilen und Schwertern durchbohrt ist und trotzdem lächelt. Dass man Form wahrt in der Qual, Anmut im Leiden, dafür hat Mann damals sein Heimatland gelobt. Verstörend, wie lange das her scheint. Aber das war damals schon eher hoffnungsvoll gesagt als realistisch. Ein paar Tage nach dem Festbankett wurde Katia Mann im Hotel von einer »stattlichen Dame mit Rubin-Hakenkreuz« für ihren patriotischen Blick während der patriotischen Rede ihres Mannes gelobt. Und ein Journalist riet ihm, das stattliche Preisgeld in Schweden zu lassen, anstatt nach Deutschland zu transferieren.

Die Schallplatte ist schon eine Weile zu Ende. Ist das Gespräch schon wieder aufgenommen worden, ist es weitergegangen, ohne ihn? Das passiert ihm immer mal wieder in Gesellschaft, dass er schon entschwindet, obwohl er körperlich noch anwesend ist. Aber nun gut, wenn man ihm ihn selbst vorsetzt, wie sollte er da nicht abdriften und ein bisschen leer sitzen bleiben?

Gut, dass Klaus dabei ist, das entlastet etwas von der Verpflichtung zum Small Talk. Klaus Mann hat, wie die Mehrzahl der zeitgenössischen Leser, eine dezidiert andere Meinung zum »Zauberberg« als damals das Nobelpreiskomitee. Klaus Mann, der wie seine Schwester Erika kosmopolitischer, beweglicher, weltneugieriger ist als die Väter- und Müttergeneration, hat aber auch eine deutliche Meinung zu ihrer Zusammenkunft gerade: Stellen sie gerade nicht zu sehr den »Zauberberg« nach?

Im April 1938 war die Atmosphäre unter den Emigranten noch eine andere gewesen. Thomas Mann hatte seinen Hass auf Hitler zu Interesse abschwächen können. Man hatte darauf hoffen dürfen, dass Frankreich und England diesen Politikhysteriker bald in seine Schranken weisen würden.

Aber dann haben sie ihm im Herbst 1938 im Münchener Abkommen das Sudetenland gegeben. Mann war fassungslos angesichts dieser in seinen Augen fatalen Appeasement-Politik. Hitlers Einmarsch in Prag im März 1939 und der Beginn des Ersten Weltkrieges durch den Einmarsch in Polen gaben Mann recht. Und als im Juni 1940 Frankreich kapitulierte, saßen alle, die dorthin emigriert waren, in der Falle. Die Hilferufe an die, die bereits in den USA waren, die Bitten um die für die Immigration notwendigen Bürgschaften nahmen zu. Und zugleich wurde die Hoffnung der in die USA Geflohenen auf eine Rückkehr nach Europa immer vager und schwächer. Weil der Blick nach vorne keine klaren Konturen mehr erhaschen kann, richtet er sich in die Vergangenheit.

Die Grammofon-Szene im »Zauberberg« bot Mann Gelegenheit, einige seiner Herzensmusikstücke zu inszenieren. Aber eben auch die Weltentrücktheit seiner Hauptfigur Stück für Stück voranzutreiben. Der immer kauziger werdende Hans Castorp nimmt eifer- und eigensüchtig das neuartige Gerät gleichsam in Besitz und hält sich immer öfter und immer wahnhafter in der musikalischen statt in der realen Welt auf. Ein Bild, das sechzehn Jahre später nicht schlecht auf eine Emigranten-Community passt, die sich in ihre eigene Vergangenheit vergräbt. Emigranten-Inzucht, denkt Thomas Mann, und wie sie alle in einer längst abgelaufenen Epoche leben und einen dauernd zur Erinnerung zwingen mit ihren Sentimentalitätsschatzkästchen.

*

Aber auch in der Gegenwart von Los Angeles verfließen die Konturen. Wenn man nicht aufpasst und seinen Blick nicht rechtzeitig von der herrlich trägen Morgenstimmung des Pazifikstrandes abwendet, dann können einem die Tage schnell zu Monaten und zu Jahren verwischen. Was die europäischen Gäste als Jahreszeiten kennen, verwandelt sich in Kalifornien zu den subtilen Veränderungen des ständig präsenten Sonnenlichts. Jahre können vergehen, bis man gelernt hat, diese Nuancen zu verstehen.

Der britische Autor Christopher Isherwood hat mit diesem Paradies durchaus zu kämpfen. Sein Paradies war das Berlin der frühen 1930er-Jahre, die schwule Subkultur, die brodelnde Urbanität. Mit seinen »Berlin Stories« ist er bekannt geworden, sie werden ihn als Autor der Vorlage des Musicals »Cabaret« berühmt machen. Wenn Isherwood bei den Huxleys zum Lunch eingeladen ist, dann hat er Gelegenheit, seine Augen vom blendenden Licht zu erholen und ein bisschen mit dem Dunklen zu spielen. Die Huxleys bewohnen in den 1940ern ein zurückgesetztes Haus, das von der Straße, vom Amalfi Drive aus, nicht zu sehen ist – erst wenn man näher kommt, entdeckt man einen Bungalow, der aussieht wie eine alte Blockhütte. Ein idealer Ort für fiktive oder reale Verbrechen, wie Isherwood findet. Unter den großen Fenstern liegt der Rustic Canyon. Im Inneren befinden sich noch die Bilder vom Vorbesitzer, »Kitsch-Monstrositäten«, wie Klaus Mann es nennt, seltsame Sektreklamen, Frauen entführende Schimpansen, Dominas. Huxley, laut Klaus Mann ironisch verliebt ins Hässliche, hat sie hängen lassen.

Für Isherwood und Huxley ist es angenehm, auch mal

unter sich zu sein. Die beiden Engländer sind regelmäßige Gäste bei den abendlichen Zusammenkünften von Schauspielern, Regisseuren, Schriftstellern und sonstigen Lebenskünstlern. Das kann durchaus anstrengend sein, wenn man an einem solchen Abend irgendetwas erreichen will, Kontakte knüpfen, Besetzungswünsche platzieren für die neueste Hollywood-Produktion zum Beispiel. Und ganz grundsätzlich: Natürlich sind die beiden gerne unter Leuten – aber wann hat es das letzte Mal so richtig Spaß gemacht? Isherwood ist ein bisschen melancholisch, denn er hat das Gefühl, dass die Leute verlernt hätten, auf eine gute Weise zusammen zu sein. Wo ist das Talent zum Amüsement, zum Small Talk, zum großen Auftritt einfach nur um des Auftritts willen? Wie im Salon von Salka Viertel zum Beispiel. Isherwood mag die Viertels sehr, eine Familie wie aus einem Tschechow-Roman: Der Wiener Schriftsteller und Theaterregisseur Berthold Viertel bekam 1927 das Angebot, als Drehbuchautor und Regisseur nach Hollywood zu gehen. Seine Frau, die Schauspielerin Salka, begleitete ihn: Doch sie entsprach, wie sie selbst sagt, dem Jugend- und Schönheitsideal Hollywoods nicht. Aber sie etablierte sich ebenfalls als Drehbuchautorin und machte das gemeinsame Haus im englischen Stil mit großem Schrägdach in der Mabery Road in Santa Monica, zu ihrer Bühne. Er wurde zu einem der wichtigsten Orte für die Exil-Community. Auch wenn es ein deutlich bescheideneres Haus als die Villen von Max Reinhardt oder Vicki Baum ist. Man thront nicht über dem Meer. Aber man ist so nah dran, dass man nur an drei anderen Häusern vorbeigeht, die Treppe zum Tunnel unter dem Highway hinuntersteigt, passiert – und schon ist man Strand.

Von einigen der Schlaf- und Arbeitszimmer im ersten Stock blickt man auf den Pazifik. Dort oben kann Berthold sich mit einer Unmenge an Büchern gut verschanzen und die lyrischen und dramatischen Dinge schreiben, die er trotz all der Filmarbeiten nicht aufgeben will. Einen modernen Faust nennt ihn Isherwood. Und unten im geräumigen Wohnzimmer mit Kamin, acht Fenstern und einer Glastür zum Garten bewirtet Salka die Freunde aus der neuen Welt und die uralten Freunde, die in verschiedenen Fluchtwellen nach Kalifornien kamen. Ein Esszimmer und eine große Küche gleich nebendran. Isherwood liebt Salka, das große Herz, die große Geste, er liebt den Theater-Glamour, der sie umgibt: die melancholische, nostalgische Aura von Extravaganz, desillusionierten Leidenschaften und großen Schulden. Aber er ist unzufrieden mit Salkas Einladungspolitik. Immer sind zu viele Menschen da, einfach nur viele, nicht gut aufeinander abgestimmt, nicht sorgfältig ausgesucht, um gemeinsam das Flirrende zu erzeugen, das eine gute Party ausmacht. Isherwood hat auch eine Erklärung dafür: Wahrscheinlich braucht Salka einfach das Plappergeräusch, die Präsenz der ganzen Leute als Hintergrund für ihr Beisammensein mit ihren Lieben, vielleicht ist das das Bühnenbild, das sie für ihr Zusammensein mit ihrem Liebhaber Gottfried Reinhardt benötigt, dem Sohn von Max. Je mehr Statisten, umso besser.

Aber wenn es so viele sind, dann geschieht das Übliche: Die einen stecken ihre Köpfe zusammen, um die letzten Skandale und den aktuellen Klatsch und Tratsch zu verhandeln. Die anderen drücken sich in den Ecken herum, starren finster auf ihre Schuhe und raunen sich gegenseitig ihre Kritik an der bestehenden Gesellschaft zu. Was vielleicht ja auch daran liegt, dass Salka immer nur die Verkopften einlädt, die, auch wenn sie versuchen, witzig zu sein, immer zu kompliziert sind. Huxley hat da ein Beispiel auf Lager, er erzählt von den Manns, bei denen er kürzlich wieder mal zu Gast war. Er springt auf, nutzt – wie so oft – seine Schlaksigkeit für darstellerische Sticheleien und macht sich jetzt ein bisschen über Thomas Manns Gebaren lustig. Huxleys Talent für gut gesetzte kleine Bosheiten ist berüchtigt. Außerdem hatte er im ersten Exilparadies Sanary-sur-Mer viel Gelegenheit, den Habitus des typisch deutschen Konzepts des Dichterfürsten zu studieren. Huxley amüsiert sich über das Steife, die prätentiöse Aufrechterhaltung von Bürgerlichkeit. Wie hat es jemand so treffend ausgedrückt: gut geschnittener Spazierstock! Und wie der Dichterfürst mental komplett zusammenbricht, wenn ihm beim gemeinsamen Gedichteschreiben, einem der zahlreichen Partyspiele, nichts einfällt, weil auf Englisch gespielt wird. Und er dann auch am nächsten Tag noch von Gram und Pikiertheit zerfressen ist. Wenn Thomas Mann einen Raum betritt, dann sinkt die Temperatur, dann rollt ein Eisberg herein!

Isherwood hält dagegen; diese Art von Gossip wird erst dann zum Spaß, wenn man widerspricht, genau das verstehen die meisten Leute nicht, dass es nicht ums Rechthaben geht, nicht um die Eitelkeit des besseren Arguments. Eine Party wird zur guten Party, wenn haltlos gerungen wird an Punkten, die nicht besonders wichtig sind, Small Talk statt Bedeutungshuberei. Isherwood also hält dagegen, ihm gefalle die Haltung und das Gebaren Manns ganz außerordentlich. Eben gar nicht Dichterfürstenpompös! Eher unaufgeregte Würde, doch eigentlich der Idealtypus eines Gentlemans. Isherwood versucht Thomas Mann nachzuahmen, mit welcher Sorgfalt, mit welcher Vorsichtigkeit Mann eine Zigarre auswählt, eine Flasche Cognac begutachtet, Bücher durchblättert. Thomas Mann: Säule der Gesellschaft, ihr Baustoff: anmutige Ironie. Oder, noch besser gesagt: Thomas Mann wäre der bestmögliche Verteidiger seiner selbst in einem Prozess gegen ihn. Und hält er seine Verteidigungsrede nicht eigentlich schon die ganze Zeit, seit er Nazi-Deutschland verlassen hat?

Huxley und Isherwood sind zufrieden: Das hat Spaß gemacht, das war treffend gesagt, mit genau der richtigen Beimengung von Brillanz und freundlicher Bösartigkeit, die es nicht zu leicht, aber auch nicht zu schwer nimmt! Dann sprechen sie noch über ihre spirituellen Lehrer. Beide sind abgrundtief enttäuscht von den gesellschaftlichen Bewegungen und Ideologien, die Europa zu dem Pulverfass haben werden lassen, das es seit dem Ersten Weltkrieg ist. Beide sind sie darüber zu Pazifisten geworden. »Die Zivilisation stirbt an Blutvergiftung, sobald sie die Waffen ihrer Feinde benutzt und Verbrechen gegen Verbrechen aufrechnet«, sagt Huxley. Und Isherwood kann sich nicht vorstellen, auf seinen Berliner Freund Heinz zu schießen, der inzwischen in die Wehrmacht eingezogen wurde. Eigentlich will er insgesamt nicht auf Menschen schießen. Beide experimentieren in Kalifornien mit den Weisheitslehren indischer Mystik, aber mit unterschiedlichen Ausprägungen. Huxley ist sich nicht sicher, ob der Gründervater von Isherwoods Richtung, Ramakrishna, nicht einfach nur Borderliner war.

Einige der über Ramakrishna kolportierten Geschichten machen Huxley misstrauisch. Und Isherwood nachdenklich.

Jetzt ist es am Ende doch wieder ernst geworden.

*

Ende September 1940 ist der Salon der Tschechow-Matriarchin Salka Viertel gut gefüllt, aber es ist keine Zusammenkunft der Art, über die Isherwood und Huxley so gerne lästern. Vielmehr findet eine Privataufführung von Arnold Schönbergs »Pierrot lunaire« statt, eine Art Generalprobe für eine Aufnahme des Stückes bei der Columbia. Der Salon ist gut gefüllt, aber da »Pierrot lunaire« ein Stück für ein Kammerensemble ist, geht es. Rudolf Kolisch, der Violonist und Kopf des Kolisch-Streichquartetts, hat diese Aufnahme angestoßen und durchgesetzt; Kolisch ist einer der wichtigsten Interpreten zeitgenössischer, »neuer« Musik, ihm ist es wichtig, dass es eine authentische, vom Komponisten begleitete Aufführung gibt und dass diese dokumentiert wird. Kolisch ist auch der Schwager von Schönberg, seine Schwester Gertrud ist Schönbergs Frau.

Das Milieu der deutschsprachigen Emigranten ist ein kleines, verschworenes, enges. Nicht nur, dass sie nahezu alle Platz haben in Salka Viertels Salon, sie sind auch verwandt, einander verfallen, verfeindet oder sonst wie miteinander verstrickt. Der Pianist des Kammerensembles, Eduard Steuermann, ist wie Kolisch ein wichtiger Kämpfer für die neue Musik, er hat viele Werke von Schönberg uraufgeführt, auch bei der Uraufführung von »Pierrot lunaire« 1912 hat er gespielt. Er ist außerdem der Bruder von Salka. Thomas Mann ist mit seinem jüngsten Sohn Michael gekommen, der Bratschist werden will. Und mit dem Dirigenten Bruno Walter, seinem Nachbar und Freund aus Münchener Zeiten, der noch bei Gustav Mahler assistiert hat und in Amerika nahezu nahtlos mit den wichtigsten Orchestern weitermusizieren konnte. Zauberberg-Atmosphäre.

Thomas Mann weiß, dass ihm »Pierrot lunaire« nicht gefallen wird. Seine musikalische Welt ist eine traditionelle. Er liebt das deutsche Kunstlied, Brahms, Schubert. Er liebt die Dreiklangwelt von Wagners »Rheingold« , das ist ein stabiles Gebäude, darin kann er sich gut aufhalten. Müsste er sich entscheiden, so wäre die Wahl klar: Für den Gesang der Rheintöchter würde er die gesamte Generation der zeitgenössischen Komponisten verabschieden. Schönberg, Berg, Krenek – die er schätzt, deren künstlerische Leistung er verehrt, ganz egal, er würde sie aufgeben können, ohne mit der Wimper zu zucken.

Aber was heißt schon »lieben«? Natürlich schätzt er auch die Zuspitzung der musikalischen Sprache, er ist musikalisch genug, um zu wissen, dass es die Dissonanz braucht, um so etwas wie Liebe überhaupt zum Ausdruck bringen zu können. Die Klangwelt von Wagners Tristan, die Emanzipation der Dissonanz, um ein Maximum an Sehnsucht gestalten zu können: Auch das kann Thomas Mann lieben, es ist Manns ureigenes Gebiet, er ist ein Liebhaber, ja ein Kulinariker der Sehnsucht. Aber braucht es dazu nicht das Heimkommen, ist die Dissonanz nicht lediglich die Verzögerung der Konsonanz? Wo bleibt die Liebe, die Erlösung, der Ausdruck, wenn es dieses Spiel von Dissonanz und ihrer

Auflösung nicht mehr gibt, wie hier im »Pierrot lunaire«, eines der ersten atonalen Werke?

»Gelüste schauerlich und süß, / Durchschwimmen ohne Zahl die Fluten!«, wird gerade gesprochen oder gesungen, bei »Pierrot lunaire« kann man das nicht so genau sagen.

Diese Formlosigkeit im Sinnlichen bereitet Thomas Mann Unbehagen. Hat denn das Zeitalter die Contenance verloren? Im letzten Jahr wurde Bruno Walters Tochter von ihrem eifersüchtigen Ehemann erschossen. Walter selbst hat eine Affäre mit Erika Mann, was Thomas Mann nicht weiß, auch gar nicht wissen will. Kolisch wird bald als Student in Wilhelm Reichs Institut für Sexekonomie und Orgonforschung eintreten. Und so weiter und so fort.

Ganz so, als wäre diese Haltlosigkeit Bedingung für Kunstproduktion, als müsste man dem Sinnlichen freien Lauf lassen, um relevante, zeitgenössische Kunst schaffen zu können. Thomas Manns Bruder Heinrich ist damit berühmt geworden. In seinen frühen Jahren hat Heinrich Romane geschrieben, die Thomas irre machten, »Die Jagd nach Liebe« zum Beispiel, Thomas kam nicht zurande mit der offensiven Sexualität darin, mit den »wüsten, grellen, hektischen, krampfigen Lästerungen der Wahrheit und Menschlichkeit«. Ständig grapschen die Figuren nach einander, fallen übereinander her: »schlaffe Brunst in Permanenz«. Und so ist denn auch der Stil ein beständiger Angriff auf den Leser, alles ist »verzerrt, schreiend, übertrieben«. Thomas Mann hat versucht, das Buch zu lesen, aber er hat es nicht lange ausgehalten, er hat es in die Ecke geworfen, hat es wieder hervorgeholt, hat geächzt, geschimpft, geweint. Es braucht doch die Form, um das Wilde zu zügeln. Die Anmut des Heiligen Sebastian kommt doch daher, dass er gerade nicht lustvoll in seinen Wunden rumstochert, sondern Fassung bewahrt. Thomas Mann hat sich selbst eine Verfassung gegeben, um alle Zumutungen des Sinnlichen abwehren zu können, hat sich für das Korsett des Bürgerlichen entschieden. Anders könnte er sich nicht vorstellen, von Werk zu Werk zu gelangen. Heinrich reagierte auf die brüderlichen Angriffe damals unterkühlt, glaubte seinen Bruder gleichsam aufklären zu müssen: »Wenn die Erotik vollkommen ist, umfaßt sie Körper und Seele.« Die Figuren haben halt Sex, und wenn man dieses Faktum beständig verschleiert, wie es seiner Meinung nach Thomas Mann tut, dann kommen nur kastrierte Figuren heraus.

»Wilder Lust Accorde«, singt, spricht, deklamiert die schauspielernde Sängerin oder singende Schauspielerin Erika Stiedry-Wagner, »heiß und jauchzend, süß und schmachtend«. Thomas Mann sieht Stiedry-Wagner nicht zum ersten Mal auftreten. Sie spielte die Hauptrolle in seinem einzigen Theaterstück »Fiorenza« in der Wiener Inszenierung 1919. Wobei Hauptrolle ein zu schwacher Ausdruck ist. Fiore ist die Allegorie DER Frau, ach was, die Allegorie DER Stadt der Renaissance: Florenz, ach was: die Allegorie des Prinzips, das die schauerlichen und süßen Gelüste erzeugt. Das ist natürlich nicht die allerdankbarste Rolle, da kann man als Schauspielerin eigentlich nur scheitern und den Unmut oder zumindest die Unzufriedenheit des Autors auf sich ziehen. Denn wenn nicht jeden Zuschauer beim Auftritt von Fiore augenblicklich eine sich aller Rationalität entziehende Anziehung befällt, dann wankt das Stück in seinen Grundfesten. Denn nur dann würde klar, woran die beiden

Gegenspieler des Dramas leiden, woran sie auf je eigene Weise scheitern. Lorenzo de' Medici, der Herrscher Florenz', sublimiert die schicksalsvollen, gefährlichen und verzehrenden Gelüste in eine Feier der Schönheit und der souveränen Sinnlichkeit. Also das, was sich die ganzen Lustfanatiker dieser Tage zum Vorbild nehmen könnten. Aber selbst dann wären sie noch chancenlos gegen den unheimlichen, aber anscheinend unbezwingbaren Reiz, den Lorenzos Gegenspieler, der Dominikanermönch Savonarola, mit seiner asketischen, unerbittlichen Moral auszulösen vermag. Diese Moral ist aber keine echte, sie ist nur die Selbstkasteiung des Mannes, der DIE Frau, also Fiore, nicht kriegen konnte.

Der Kulinariker der Lust: Das ist Heinrich, wenn Thomas Mann sich wieder mit ihm versöhnt hat und den älteren Bruder bewundert. Der Mönch, das ist Thomas Mann in einem bitteren Selbstporträt. Der Mönch, das ist aber auch ein anderer Bruder, es ist ein Dämon der Moral, dem wie Hitler das elaboriert verzärtelte Zeitalter als leichte Beute zufällt.

Der Fürst und der Mönch, das ist aber auch beides Thomas Mann, als Vertreter der erbärmlichen großartigen Gattung Mensch in ihrer ganzen Ambivalenz. Hier ist Thomas Mann wieder auf sicherem Terrain. Ein Phänomen transparent machen durch präzise Ausgestaltung seiner Extreme. Wie sollte man dem Menschen an sich auch sonst nahekommen, will man ihn nicht verkürzen, vereinseitigen, verkitschen? Schönberg zum Beispiel: Wie sollte man so eine Person, so eine Figur zeichnen oder beschreiben, wenn man sie denn beschreiben will? Ein Komponist, der die spätromantische Musiksprache seiner Zeit derart souverän beherrscht, dass er mit den »Gurre-Liedern« oder der »Verklärten Nacht« Werke schreibt, die den Wohlklang in ungeahnte Dissonanz-Höhen treibt. Und dann derart darüber hinaus, dass er diese Sprache aufgibt und eine neue erfindet. Zwölftonmusik statt tonalem Bezugssystem. Ein Revolutionär aus konsequenter Arbeit an der Tradition. Ein Gigant, klein von Statur, ein furchteinflößender, alle eingeübten Gewohnheiten beiseite wischender Dämon und ein milder Weiser, Musikdiktator und Gandhi zugleich.

Thomas Mann mag nicht, was er hört, aber er kann es schätzen. Gegen die grassierende Ignoranz allem Neuen gegenüber würde er es unbedingt verteidigen. Anders als sein Freund Bruno Walter, der beständig über die Neutöner lästert und von der Tradition in schönen, aber immer mal wieder kitschigen Worten schwärmt. Wäre Walter nicht so ein guter alter Freund, Mann wäre neidisch auf die unbeirrbare Heiterkeit dieses musikalischen Talents. Grundsätzlich unbefangen. Aber eben auch naiv. Thomas Mann weiß, dass man heute nicht mehr so komponieren kann wie Schubert (auch wenn man es könnte, rein vom Talent her). Und eigentlich weiß er, dass man auch nicht mehr so komponieren kann wie der Wagner des »Tristan«, selbst wenn er da die Tonsprache weit an die Grenze der Tonalität getrieben hat, bisweilen darüber hinaus. Er weiß es, aber dieses Wissen behagt ihm nicht. Denn das ist die Grenze, die er selbst in seinem Schreiben nicht überschreiten will. Nicht überschreiten kann? Bald wird er über James Joyce lesen, zum Selbstlesen ist sein Englisch nicht gut genug, aber selbst im vermittelten Lesen hat er in schwachen Momenten das Gefühl, dass Joyce moderner ist als er, also zeitgemäßer, versierter mit den Mitteln der Sprache und der Erzählkunst, die sich inzwischen weiterentwickelt haben. Hat Thomas Mann sich selbst bereits überlebt? Ist er nur noch Exponent eines flauen Traditionalismus?

Das Konzert ist zu Ende. Man ist freundlich zueinander, beglückwünscht sich. Euphorisch ist die Stimmung nicht, dazu sind die Proben zu problematisch gewesen. Gleich zu Beginn hat Schönberg die Leitung an Kolisch gegeben, nicht aus Vertrauen, sondern in Rage, weil er künstlerisch unzufrieden war. Beständig geraten Kolisch und Schönberg aneinander, Kolisch kennt das schon, er hält es aus. Er und seine Mitmusiker sind gut präpariert für die Aufnahme.

In seinen nichtschwachen Momenten verspürt Thomas Mann vollstes Vertrauen zu den Techniken, die er für sein Schreiben entwickelt hat. Sie gehen über das tonale Gebäude mit seinen Stützpfeilern von Sehnsucht und Heimkehr hinaus, aber nicht bis zur völligen Aufgabe dieses Gebäudes. Sondern nur bis zu dessen größtmöglichen Erschütterung. Alles, was da ist, ist da. Aber es darf sich nicht absolut setzen. Es muss in seiner Bedingtheit, seiner Zufälligkeit, seiner Hinfälligkeit gezeigt werden. Erst dann ist es frei. Und wir auch. Ironie ist der Zauber, mit dem Thomas Mann die Welt bannt. Er erzeugt Reliefs, indem er Dinge, Menschen, Gefühle und Ideen durch deren Ironisierung in ihrem Wesen sichtbar macht. Verspottung und Verherrlichung zugleich. Nicht Hass, nicht Liebe: Interesse ist der Affekt, in dem sich beide vereinen und zivilisieren.

Vor zwei Jahren hat sich Mann einen Vorsatz ins Tagebuch geschrieben, ein Programm zum Weiterleben und Weiterschreiben. Er muss sich einen Bereich freihalten, in den die Abgründe der Welt draußen nicht hineinreichen. Er braucht Heiterkeit, und ohnmächtiger Hass darf seine Sache nicht sein.

Später am Abend nehmen die Manns die Nachricht von der Versenkung eines Passagierdampfers durch ein deutsches U-Boot zur Kenntnis, auf dem sich viele Kinder zur Evakuierung von England nach Kanada befanden. Zwei Tage später erfahren sie, dass ihre Tochter Monika mit ihrem Mann auf dem Schiff war. Monika wurde nach zwanzig Stunden in einem Rettungsboot geborgen, ihr Mann starb, mit ihm 246 weitere Menschen, darunter 73 Kinder. Nicht leicht, nicht zu hassen in diesen Zeiten.

1941
Massendompteur

Der Konflikt zwischen Kolisch und Schönberg: für den Schriftsteller Thomas Mann interessant. Denn die Frage nach guter Führerschaft ist ein Grundthema von »Joseph, der Ernährer«, des letzten Bands der Roman-Tetralogie, an dem er nun endlich schreibt. Schönberg ist ja geradezu der Archetyp des autoritären Führers, der die Musiker zur Darbietung seiner Vision treibt. Nur dann ließe sich das künstlerisch maximale Ergebnis erzielen, wenn die Ausführungsgewalt von einem einzelnen Kopf ausgeht.

Ganz anders Kolisch. Er ist zwar der Vorsteher seines Quartetts. Aber sein Ideal ist die gänzliche Gleichberechtigung aller Akteure. Das geht so weit, dass es ihm am liebsten wäre, wenn alle die komplizierten Werke auswendig könnten, damit sie nicht durch Notenlesen abgelenkt sind vom Aufeinander-Hören. Nur dann ließe sich das künstlerisch maximale Ergebnis erzielen, weil jeder maximal frei darin sei, auf den anderen zu reagieren. Was erzielt die besseren künstlerischen Resultate: Diktatur oder Basisdemokratie? Nach welchem Modell lässt sich am besten zusammenleben?

*

Gut drei Monate später kann Mann das Spannungsfeld zwischen Macht und Zugewandtheit ganz direkt studieren. Nicht an der Kunst. Sondern an der Staatsmacht. Noch dazu an der größtmöglichen demokratisch legitimierten. Denn Mitte Januar sind Katia und Thomas Mann mit ihrer ältesten Tochter Erika zu Gast beim amerikanischen Präsidenten Franklin D. Roosevelt im Weißen Haus. Das sind sie nicht zum ersten Mal. 1935, als Mann den Ehrendoktor von Harvard bekam, kam es über die Vermittlung eines holländisch-amerikanischen Schriftstellerkollegen spontan zu einer Einladung und ersten Begegnung von Mann und Roosevelt. Die Einladung jetzt, im Januar 1941, hat Thomas Mann von sich aus betrieben, seine Anfrage an Eleanor Roosevelt wurde positiv beschieden.

Es ist ein besonderer Moment, Roosevelt ist im Herbst letzten Jahres gerade erst wiedergewählt worden, für eine unübliche dritte Amtszeit. Auf ihm liegt die Hoffnung der meisten Emigranten, dass die USA England als letzten verbliebenen westlichen Alliierten in dessen Kampf gegen den kriegswütigen Hitler beistehen. Aber Roosevelt musste vorsichtig sein, er durfte die starken isolationistischen amerikanischen Kräfte nicht allzu sehr vor den Kopf stoßen. Erst im September 1940 hat sich das »America First«-Komitee gegründet, mit so populären Figuren wie dem Atlantiküberflieger Charles Lindbergh in seinen Reihen. Aber kurz vor dem Besuch der Manns hatte Roosevelt in einer seiner berühmten, weil Rhetorik und Gestaltungsmacht mächtig verschränkenden Reden die Vorlage des Leih- und Pachtgesetzes angekündigt, das faktisch die Unterstützung Englands im Krieg gegen Deutschland bedeuten würde.

Thomas Mann darf in dieser Hinsicht also erleichtert sein. Auch deshalb, weil man nicht vorhersagen könnte, was Erika Mann im Weißen Haus alles unternehmen würde, um für Amerikas Kriegsteilnahme zu agitieren. Erika genießt die Welt in vollen Zügen, und seitdem sich die Welt im Kampf befindet, auch den Kampf. Noch in Deutschland hat sie kurz vor Hitlers Machtantritt unter anderem mit Klaus und Therese Giehse das Kabarett »Die Pfeffermühle« gegründet und mit Sketchen, Liedern, Tänzen, Späßen gegen die Nazis gestichelt. In den Niederlanden, der Schweiz, der Tschechoslowakei gastierte die Pfeffermühle mit großem Erfolg. Später wird Erikas Kampf immer direkter. Sie tourt mit Vorträgen durch Amerika, sie besucht als Berichterstatterin die Front im Spanischen Bürgerkrieg, trifft auf ehemalige Pazifisten, die sich entschlossen haben zu kämpfen, da sie nun überzeugt sind, dass es illusorisch ist, die Feinde der Demokratie mit friedlichen Mitteln bekämpfen zu wollen. Erika Mann ist furchtlos, ungeduldig, treffsicher und unbarmherzig in allem, was sie sagt und tut. Nicht auszudenken, was ihr im Weißen Haus einfallen würde, wäre der Isolationismus nicht ohnehin am Bröckeln.

So kann Thomas Mann also ungestört die Präsenz des amerikanischen Präsidenten genießen. Das ist einerseits ungeheuer nützlich für den abschließenden Joseph-Band, »Joseph, der Ernährer«. . Man kann als Schriftsteller so viel lesen, wie man will – aber sich in der Nähe zu seinem Gegenstand zu befinden ist ungleich wertvoller. In diesem Fall ist der Gegenstand: Größe. Selbstverständliches Charisma einer Führerpersönlichkeit. Die Aura von Macht und Bedeutung. Das braucht er aktuell für die Ausgestaltung der

Figur des Joseph, aber Thomas Mann war von früh an von ihr fasziniert.. »Auf vertraulichem Fuße mit der Größe zu leben« ist ein willkommener Beifang dessen, in Amerika in schöner Regelmäßigkeit als »größter lebender Schriftsteller« bezeichnet zu werden.

Der Besuch im Weißen Haus zeigt das eindrucksvoll. Roosevelt räumt seinen Gästen viel Zeit ein, der erste Tag des Besuchs beginnt mit einem gemeinsamen Frühstück, bei der Cocktailstunde am frühen Abend missversteht Mann das übliche Ritual, dass der Gastgeber den ersten Drink mixt, als besondere Ehrung, und ein Abendessen gibt es obendrein. Mann kann beobachten, wie Roosevelt mit ihm und anderen Gästen umgeht, wie er sie mit professioneller Liebenswürdigkeit umgarnt, wie er ihre Belange zur Not unter seinem amerikanischen Lachen begräbt, wie er schauspielert, einnimmt, dirigiert, kurz: herrscht.

Für Thomas Mann ist Demokratie nur mit so einer exzeptionellen Gestalt als deren Vorsteherin denkbar. Wie soll denn der einzelne Mensch in seinem engen Umkreis, beschränkt von Herkunft und Milieu, umgeben von massenhaft Mitmenschen sonst zur klaren, sorgfältig abgewogenen Meinung kommen über das, was für ihn am besten wäre? Nein, statt sich mit unten gleichzustellen, braucht es Güte, Gerechtigkeit und Sympathie von oben. Beethoven, zum Beispiel, das Genie, könnte ja sagen: »Ich bin ein großer Genius und etwas ganz Besonderes, die Menschen aber sind *mob*; ich bin viel zu heikel, sie zu umarmen.« Stattdessen komponiert er: »Seid umschlungen, Millionen!« Das ist natürlich harte, nahezu unmenschliche Arbeit, wenn das Umschlingen realpolitisch gelingen soll, das kann dann nur so ein Menschenführungsgenius, so ein Massendompteur wie Roosevelt.

Thomas Mann wäre von Roosevelt auch begeistert, wenn er nicht am Joseph schreiben würde: Roosevelt ist für ihn das Idealbild des Anführers, weil sein Charisma, seine Vorbildhaftigkeit daraus entsteht, dass er das Leiden produktiv macht. Roosevelt war an Kinderlähmung erkrankt, seine Beine seitdem gelähmt. Seine glänzenden Reden und Auftritte waren immensen Schmerzen abgerungen, überhaupt nur ans Rednerpult zu gelangen, war schwere Mühsal. Einen Rollstuhl-Cäsar nennt Thomas Mann Roosevelt, aber gerade das machte seine Cäsarenstatur aus: dass er sie dem Leiden abgezwungen hat.

Mann wollte schon sehr früh über die Führerpersönlichkeit als solche schreiben. Nachdem er mit »Tonio Kröger« den Typus des Künstlers in seiner Zerrissenheit porträtiert hatte, hatte er vor, sich dem Phänomen menschlicher Größe zuzuwenden. Historische Referenz für seine Generation war dafür Friedrich der Große. Den ungeschrieben gebliebenen Friedrich-Roman hätte er damals nach genau diesem Konzept verfasst: Die Hauptfigur ist kein geborener König, sondern ein gewordener. Ein weibischer, kecker, verzärtelter Thronfolger, der sich bezwingt. Einer, der sich eine Verfassung gibt. Eine despotische, wenn es der Geist, wie bei Mann, oder der Körper, wie bei Roosevelt, bedarf.

Der Besuch im Weißen Haus war für Mann ein überaus gelungener Aufenthalt in der Zentrale demokratischer Macht. Thomas Mann bedankt sich bald darauf mit einem Brief und der Übersendung einer kleinen Broschüre an die Hausherrin: »City of Men«, »Menschenstaat«, sein bescheidener

Beitrag, gemeinsam mit vielen anderen, zur Frage, wie am besten regiert werden könne.. Die Arbeit an diesem Buch begann vor gut einem Jahr, im Mai 1940, als die Lage für alle Feinde Hitlers bedrückend, ja fatal war. Deutschland war auf dem besten Weg, Frankreich zu erobern, das hätte kaum jemand für möglich gehalten, nicht auszudenken, was das für die vielen Menschen bedeutet, die vor den Nazis nach Frankreich geflohen sind. Nicht auszudenken, was das für die westliche Zivilisation bedeutet, wenn Hitler ganz Europa eingenommen haben wird.

*

Und so war die Stimmung im Hotel in Atlantic City, nicht weit von Princeton an der Ostküste, bei einer Gruppe von zwölf Intellektuellen und Künstlern aus aller Herren Länder, denn auch eher bedrückend. Sie wollten gemeinsam überlegen, wie eine neue demokratische Weltordnung aussehen könnte, die wehrhafter ist als die alte, die sich so schnell Hitler ergeben hat.

Eingeladen zu diesem Treffen hatte Giuseppe A. Borgese. Er ist nicht nur ein emigrierter italienischer Intellektueller, sondern auch der Schwiegersohn von Thomas Mann. Im Herbst 1939 hatte der Achtundfünfzigjährige die sechsunddreißig Jahre jüngere Elisabeth geheiratet, die jüngste Tochter von Katia und Thomas Mann. Als Hermann Hesse von der Vermählung erfährt, ist er sich nicht sicher, ob es der Borgese ist, den er kennt. Oder möglicherweise schon dessen Sohn. Aber der Bräutigam war doch der Vater. Der nur sieben Jahre ältere Thomas Mann fand das durchaus merkwürdig, begrüßte aber auf der »überpersönlichen Ebene« die Verbindung. Thomas Mann und Giuseppe Borgese waren beide national und konservativ gesinnte Geistesarbeiter, bis sie den faschistischen Pöbel derart unerträglich fanden, dass sie sich auf die Seite der Demokratie schlugen.

Borgese war das unangefochtene Zentrum der Versammlung in Atlantic City, er war aufbrausend, mitreißend, charmant, geschwätzig, pathetisch. Mann hielt sich eher zurück, sein Englisch war noch nicht gut genug für das freie Diskutieren, bei zwölf Männern allen möglichen Alters und allen möglichen und unmöglichen Temperaments ging es immer mal wieder kreuz und quer. Sie warteten alle mit klugen Analysen auf, es gab verschiedene Sektionen, bei der Frage der zukünftigen Wirtschaftsordnung fiel das Stichwort vom dritten Weg, einem Ausbalancieren von Kapitalismus und Sozialismus zur Stabilisierung der beiden Säulen der Demokratie: Freiheit und Gleichheit. Das kam dem sogenannten New-Deal-Programm von Roosevelt ziemlich nahe: dass der Staat der Wirtschaft Impulse durch groß angelegte gesellschaftliche Förderprogramme gibt. Der österreichische Schriftsteller Hermann Broch, der gerade an »Der Tod des Vergil« schrieb, war einer der Spezialisten für die ökonomische Sektion. Mann war zurückhaltend während der Tagung, aber sein Statement machte Eindruck, weniger durch den Inhalt als durch die Dringlichkeit. Alle konnten sehen, wie dieser beherrschte Mann sich beherrschen musste, wenn er ausführte, was im Kampf gegen das totalitäre System auf dem Spiel stand.

Aber ist es nicht genau das, was einer solchen groß und schön gedachten Unternehmung fehlt: die eine Person, die das alles zusammenhält, sich zur Not über die Zynismen, Depressionen, mentalen Zusammenbrüche, die zuhauf bei den mehrtägigen Sitzungen auftraten, hinwegsetzt, so etwas wie ein Borgese als Politiker?

Der Tiefpunkt der Veranstaltung war erreicht, als der Vizepräsident der University of Chicago, William Benton, der auch Teilhaber einer Werbeagentur und als solcher wichtiger potenzieller Geldgeber für weitere Treffen und Publikationen war, die Position der Isolationisten starkmachte und die ganze Runde, samt anwesendem Nobelpreisträger, kurzerhand für ohnehin ohnmächtig und wirkungslos, weil zu unbekannt, erklärte. Aber die anderen ließen sich nicht beirren, verabredeten weitere Treffen und brachten die »City of Man« schließlich zur Publikationsreife. »Wenn Ihnen das Buch gefällt«, schreibt Mann an Eleanor Roosevelt, »und Sie das Gefühl haben, es könnte für den Präsidenten von Interesse sein, zeigen Sie es ihm gerne!« Es ist kein weiteres Interesse daran überliefert.

*

Im März 1941 tritt das Leih- und Pachtgesetz in Kraft. Schon Monate vor dem Überfall auf Pearl Harbor im Dezember ist für Thomas Mann das Weltdrama damit zugespitzt auf das Duell zwischen dem Dämon und der Lichtgestalt, zwischen dem Schurken und dem aufgeklärten Cäsar.

1941

Bruderzwist

Friedrich der Große taucht in diesen Tagen an der Westküste wieder auf. Heinrich Mann, Thomas' Bruder, arbeitet an der »traurigen Geschichte von Friedrich dem Großen«, er liest Thomas immer mal wieder daraus vor. Diese Geschichte hört sich ganz anders an als Thomas Manns früherer Entwurf. Heinrich Mann will den Mythos vom aufgeklärten Herrscher zerstören. Das Traurige an der traurigen Geschichte ist, wie Friedrich die wahre Größe in Wirklichkeit verfehlt hat, wie Preußen stattdessen zum Hort für Macht um der Macht willen wurde.

Vor Kurzem wurde Heinrich Manns 70. Geburtstag gefeiert, natürlich in Salka Viertels Haus in Santa Monica, ein großer Tisch wurde im Wohnzimmer platziert und gedeckt, alle waren sie da, Feuchtwanger, Werfel, Döblin, über vierzig Gäste. Am eigentlichen Geburtstag, am 27. März, erhielt Thomas Mann die Ehrendoktorwürde in Berkeley. Verschieben ließ sich das nicht, weitere Verpflichtungen zwangen Thomas Mann, noch einige Tage im Norden zu bleiben, also musste man den Geburtstag am 2. Mai nachfeiern. »So ist denn dies festliche Zusammensein doch noch zustande gekommen«, begann Thomas Mann seine Rede an den Bruder, aber in diesem »doch noch« schwang viel mehr mit als nur diese Terminverschiebung. Denn lange war nicht klar, ob Heinrich Mann es überhaupt aus Europa herausschaffen würde, ihm war erst kurz zuvor, im Oktober 1940, die Flucht geglückt. Wie viele andere saß er mit seiner Frau Nelly nach der Kapitulation Frankreichs in Marseille fest. Mit Heinrichs Neffen Golo, Franz Werfel und Werfels Frau Alma Mahler-Werfel waren sie auf dem riskanten, beschwerlichen Weg über die Pyrenäen nach Spanien gelangt und von dort weiter nach Lissabon. Und so teilte man bei der Feier auch die Freude der Erleichterung darüber, dass man gemeinsam feiern konnte.

Aber mehr noch: Dass die Brüder überhaupt miteinander feierten, war seit den späten 1910er-Jahren eigentlich täglich aufs Neue überraschend. Denn bösartiger, vernichtender, schlimmer kann man sich nicht streiten, verbal zugrunde richten, ja, aus dem eigenen Leben verweisen, als es Thomas und Heinrich Mann getan haben.

In seiner Geburtstagsrede auf den Bruder braucht Thomas Mann eine ganze Weile, bis er Heinrich zu würdigen vermag. Denn erst mal muss über die Weltlage gesprochen werden. Dass sich heute die Frage nach dem Menschen als ganzheitlichen stellt. Dass man ihn nicht mehr einteilen könne in unterschiedliche Sphären, unter denen dann halt auch die politische sei. Denn das war laut Mann einer der Gründe, warum die bürgerliche Welt sich so rasch den Nazis in die Arme geworfen hat: weil sie das Politische nicht wichtig genug genommen hat. Weil sie sich nicht gemein machen wollte mit der vermeintlich niedrigen, kleinteiligen Sphäre sozialer Wirklichkeit.

Damit nimmt Thomas Mann sich selbst ins Visier. Damit beschreibt er sich selbst, seine eigene Haltung vor und während des Ersten Weltkriegs. Heinrich hatte Anfang der 1900er-Jahre durchaus den richtigen Instinkt, als er Thomas' wüste Beschimpfungen seiner erotischen Wüstheit aufs Politische bezog. Er wunderte sich, warum der Bruder die Akteure der großen europäischen Freiheitsbewegungen nicht anders begreifen kann denn mit der Verunglimpfung als »Affen und Südländer«. Wie sieht es in so einem Kopf aus? Ist so ein Kopf nicht zerfressen von den Vorurteilen eines chauvinistischen, reaktionären Deutschlands, des Wilhelminischen Deutschlands?

Aber diese vereinzelten Klischees sind ja nicht das Hauptproblem. Sondern nur Symptome der grundsätzlichen Haltung, die gesamte Sphäre des Politischen für äffisch zu halten und: undeutsch. Denn die Definition des Deutschen ist für den Thomas Mann der damaligen Jahre gerade, den Bereich eines essentiell Menschlichen zu verteidigen gegen alle Abschwächungen oder Banalisierungen durch so etwas wie die Frage des guten, gerechten Zusammenlebens oder dergleichen. Das Deutsche war das Bollwerk gegen das fade Zivilisierte, gegen die dümmliche Oberfläche. Gegen alles, was sein Bruder Heinrich praktizierte: die Selbstverständlichkeit eines Blickes über das Nationale hinaus, die Liebe zu Frankreich, Literatur als Arbeit an der Zivilisation anstatt dem lustvollen Bohren ins menschlich Dämonische.

So ist denn nicht nur bemerkenswert, dass diese Feier überhaupt stattfindet, sondern auch, dass der Hauptredner nicht mit einem Schmähungstourette beginnt. »Lieber Heinrich«, so könnte Thomas Mann beginnen, du Freiheitsgestikulant, du Tumultuant, du Boulevard-Moralist, du Rhetor-Demagoge, du Volksschänder, du Wolllüstling des rhetorischen Enthusiasmus, du Humanitätsprinzipienreiter mit der Vorliebe fürs Blutgerüst, du Inquisitionsdemagoge und Revolutionsschulmeister. Und er könnte mit Benennungen dieser Art noch eine Weile weitermachen. Das sind alles Begriffe, mit denen Thomas Mann in den »Betrachtungen eines Unpolitischen« während des Ersten Weltkriegs den Gegner zu seiner Position der Kultur, des wahrhaft Menschlichen, des Deutschen zu umstellen versuchte. Der Großessay ist ein Feldzug mit der Feder gegen eine Gesellschaft, die demokratisch und modern zu werden sich anschickt. Gegen den Bruder, den Zivilisationsliteraten, der in einem Essay über Zola die Sätze platzierte, die Thomas Mann sofort auf sich bezog: »Der Schriftsteller, dem es bestimmt war, unter allen das größte Maß von Wirklichkeit zu umfassen, hat lange nur geträumt und geschwärmt. Sache derer, die früh vertrocknen sollen, ist es, schon zu Anfang ihrer zwanzig Jahre bewußt und weltgerecht hinzutreten.« Es ist ein verzweifelter Kampf, den Thomas Mann in diesem Essay führt, denn nicht nur, dass er ungerne Position bezieht, er ist doch auch deswegen Schriftsteller geworden, um Positionen unter den Figuren verteilen zu können, sie gegeneinander antreten lassen zu können. Aber damals kam er nicht mehr darum herum, er musste seine Schreibzeit für klärende Sätze opfern. Er vergrub sich noch mehr in sein Arbeitszimmer in dieser Zeit, als er es ohnehin schon tat, Güte und Ironie schwanden aus seinem Gesicht, der Blick wurde verhangen, die Wangen fielen ein. Denn es war auch ein Kampf gegen sich selbst, gegen die leise Vermutung, dass er mit seiner nationalistischen, undemokratischen Haltung auf bereits verlorenem Posten kämpft.

Jetzt, bei der Geburtstagsfeier für Heinrich Mann, wird unmissverständlich deutlich, welcher der beiden Thomas Manns damals gewonnen hat. Mann hat sich längst demokratisiert, statt kulturgesättigter Politikferne preist er mit dem Bruder jenen »Pragmatismus, der nichts weiter als Lebensfreundlichkeit, Lebensverbundenheit, Verantwortungsgefühl des Geistes ist für das Leben«. Man hört dieser Rede nicht mehr an, was Thomas Mann alles hinter sich gelassen hat, was sich alles aus der Gleichsetzung von »deutsch«, »kulturell« und »nicht demokratisch« ableiten ließ: die Kriegsbegeisterung. Die Rechtfertigung des Einfalls der Deutschen ins neutrale Belgien durch den Bezug auf Friedrich den Großen, dessen Angriffskrieg doch nur ein Präventivkrieg gegen die vermeintliche diplomatische Umzingelung der Großmächte gewesen sei.

Thomas Mann ist in das Lager gewechselt, in dem sein Bruder immer schon war. Sein Bruder hat ihm geholfen, seinen Kampf gegen sich selbst auf eine Weise zu gewinnen, die ihn zur Symbolfigur für den guten, geläuterten Deutschen werden ließ. Thomas Mann erhält einen Ehrendoktor nach dem anderen, die Verehrung des amerikanischen Publikums, viel Geld aus den Buchhonoraren. Heinrich Mann ist in Amerika zur Bedeutungslosigkeit verdammt, er ist wie viele der mittellosen Emigranten bei den Filmstudios angestellt, was eher ein Vorwand ist, um ihnen den Nachweis eines geregelten Einkommens zu ermöglichen. Als der Vertrag ausläuft, muss ihn sein Bruder unterstützen. Wer könnte es Heinrich Mann verdenken, wenn er das als ungerecht empfände. Aber Heinrich Mann ist nicht im selben Ausmaß vom Bruderthema besessen wie sein Bruder, er ist nicht dazu gezwungen, sich *beständig* ins Verhältnis zum anderen zu setzen, wie es anscheinend der jüngere muss. Er war froh, als sie nach Thomas' Konversion wieder zueinander fanden, Abschied nahmen von den rigorosen Abschieden, die sie sich brieflich entgegengeschmettert hatten. Und dass sie das Zwiegespräch wieder aufnehmen konnten, das sie mittels ihrer Romanwerke miteinander führen, wo ein Erzählwerk das andere spiegelte, durch Kontrast herausforderte, thematisch weiterführte.

Gerade sind sie sich im Romanschaffen erneut begegnet. Thomas Mann ist voller Respekt für die monumentale Eleganz von Heinrichs König »Henri Quatre«. Mit dieser historischen Figur wirft auch Heinrich einen Röntgenblick auf die Umstände und Möglichkeiten der guten Herrschaft. »Die große Neuerung, der wir beiwohnen, ist die Menschlichkeit«, schreibt er. Und Heinrich bewundert, wie sein Bruder in den Joseph-Romanen mit breitem Strich ein Menschheitsdrama ausmalt, wie er eine mythische Geschichte menschlich und menschenfreundlich erzählt, wie er das Immergleiche des Mythos zum Rohstoff für den menschlichen Willen macht.

Das Geburtstagsfest ist ein Höhepunkt für die Emigrantengemeinschaft. Zwei Repräsentanten des alten Deutschlands und Europas vergewissern sich ihrer Verbundenheit, ihres Respekts, ja, ihrer Bewunderung. Sie rufen Nietzsche und Shakespeare als ihre Gewährsmänner auf. Alle Gäste dürfen sich eingemeindet fühlen in diese Aura abendländischer Kultur, auch das Hilfspersonal, ihrerseits deutsche

Emigranten, die ein wenig zu kämpfen haben mit der nicht gänzlich eingeplanten Länge der Reden und der warmzuhaltenden Speisefolge. Es ist ein anrührender Moment kultureller Selbstvergewisserung fern der Heimat.

Und dennoch. Die alten Verletzungen lassen sich nicht so einfach wegrühmen. Das Gespräch zwischen den Brüdern wird nicht mehr vorbehaltlos herzlich, es stottert, es stockt. Thomas Mann hat das Gefühl, dass er alles, was er erzählt, darauf abklopfen muss, ob es nicht von zu viel Erfolg erzählt und damit den Bruder beschämt. Er muss davon ausgehen, dass Heinrich die »alten Depressions- und Abwehr-Gefühle« mitbekommt, so gut er sie auch zu unterdrücken versucht. Heinrichs zwei Bände des Romans über den »guten Herrscher« Henri IV. gefallen Thomas Mann sehr viel besser als die groteske Überspitzung des traurigen Alten Fritzes in den Szenen, die Heinrich ihm immer mal wieder vorliest. Und dass er Heinrichs Frau Nelly unerträglich vulgär findet, lässt ihn als Partner für Trost und Trauer ausfallen, als Nelly sich 1944 das Leben nimmt.

1942
Friendly Enemies

Knapp ein Jahr nach seinem Besuch bei Roosevelt ergibt sich für Thomas Mann erneut eine Gelegenheit, sich an den bewunderten Präsidenten zu wenden. Es ist eine unerfreuliche. Denn Mann war zwar erleichtert über den Kriegseintritt der USA. Aber nun sind alle in die USA emigrierten Japaner, Italiener und Deutsche Enemy Aliens, also feindliche, weil die Staatsangehörigkeit des Feindes innehabende Ausländer. Thomas Mann ist davon eigentlich nicht betroffen, denn er hat die tschechoslowakische Staatsbürgerschaft erhalten. Aber er ist solidarisch mit den Mitemigranten. Und dass Ausländerhass geschürt wird, dass die ersten Restaurants schon Schilder angebracht haben, dass Enemy Aliens hier nicht erwünscht seien, das geht ihm gegen den Strich. Natürlich, die USA sind im Krieg, aber eine Demokratie erweist sich auch in Kriegszeiten als Demokratie, wenn sie nicht die Ausgrenzungsmechanismen derer übernimmt, die sie bekämpft.

Also schreibt er gemeinsam mit Albert Einstein und anderen ein Telegramm an Roosevelt, um für die Menschen zu werben, die ideale Verbündete im Kampf gegen die totalitären Regime seien, weil sie aus eben diesen fliehen mussten. Und er ist froh, dass er die Gelegenheit bekommt, vor dem nach seinem Leiter benannten Tolan-Komitee im Federal Building von Los Angeles Rede und Antwort stehen zu dürfen. Das Komitee wurde genau zu diesem Zweck vom amerikanischen Kongress gegründet und beauftragt: herauszufinden, welche Maßnahmen gegen die Enemy Aliens welche Wirkungen haben könnten.

Für Mann ein schönes Zeichen dafür, wie gut die demokratischen Institutionen in Amerika funktionieren. Man wird gehört. Man wird freundlich, ja ehrerbietig behandelt. Er hat mit Katia ein wohltemperiertes Statement vorbereitet. Der Schriftsteller Bruno Frank, sein alter Freund aus Münchener Tagen, der 1938 die große Gartenparty für die Manns ausgerichtet hat, ist ebenfalls dabei. Auch er bezieht einen guten Teil seiner Autorität daraus, dass er als Inhaber eines panamaischen Diplomatenpasses nicht von der Regelung betroffen ist. Beide machen noch einmal, wie schon im Telegramm an Roosevelt, deutlich, wie unangemessen es ist, die vor den Nazis Geflohenen als Nazi-Sympathisanten unter Generalverdacht zu stellen. Im Gegenteil, im Kampf gegen Hitler seien sie starke Verbündete. Beide äußern starkes Vertrauen in das F.B.I., das die wenigen Ausnahmen, also die politisch unzuverlässigen Emigranten, mit Sicherheit aufspüren werde.

*

Bruno Frank ist ein Beispiel für den Typus der Emigranten, die weder als Bannerträger deutscher Kultur gefeiert werden noch von Almosen anderer Emigranten abhängig sind und ihr Dasein weit unterhalb ihrer früheren Bekanntheit fristen müssen. Sondern die sich auf die Gegebenheiten der neuen, wenn auch möglicherweise temporären Heimat einlassen und dabei ziemlich erfolgreich sind. Frank hatte schon eine englischsprachige Leserschaft, bevor er mit seiner Frau Liesl, der Tochter des Berliner Operettenstars Fritzi Massary, in die USA ging, wo er mit wechselhafter Begeisterung, aber beständig an Drehbüchern mitarbeitete. Als immer mehr in die USA flüchteten und flüchten wollten, legte Liesl mit weiteren Mitstreitern keine Schallplatten, sondern Unterstützungsfonds auf, aus denen dann zum Beispiel die Verträge der Filmfirmen mit den Emigranten finanziert wurden, damit diese den notwendigen Einkommensnachweis erbringen konnten. Zu den zahlreichen Annehmlichkeiten im Leben von Thomas Mann, die dieser nicht so recht zu würdigen weiß, weil sie zur Selbstverständlichkeit geworden sind, gehört, dass oftmals Bruno Frank schon da ist, wo Mann hinkommt, und ihm dann alle Wege, Kontakte, Amtsbesuche deutlich leichter macht. Frank hat nicht nur die Gartenparty organisiert, er hat ihn auch beim Fundraising Diner der Gesellschaft vorgestellt. Natürlich war er auch 1939 dabei, als es im Studio der Warner Brothers eine Privataufführung von »Confessions of a Nazi Spy« gab. Und Thomas Mann sich über Erich Remarque und Marlene Dietrich ärgern konnte, die ebenfalls zu den Gästen gehörten und die er nicht mochte.

Jetzt, vor dem Tolan-Komitee, spricht Frank pathetischer, eindringlicher als Mann. Er versucht, Empathie für die Betroffenen zu erzeugen und vor Augen zu rufen, dass die Menschlichkeit auf dem Spiel steht. Das Life Magazin hat vor Kurzem berichtet, wie die »Judenpolitik« der Nazis aussieht: Die Menschen werden auf bestialische Weise umgebracht, nachdem man sie in Lager zusammengepfercht und schwer misshandelt hat. Bruno Frank zeichnet die Bilder aus dem Life Magazin in seiner Rede nach, die Haufen nackter, ausgemergelter Leichen, aufeinandergestapelt wie Müll, um in die Grube geworfen zu werden. Und dann wird er auch für Amerika konkret, will er das Drama, das sich für die Emigranten mit der Enemy-Alien-Regelung ergeben würde, an einem Beispiel zeigen. Das Dienstmädchen einer befreundeten Familie schickt ihr ganzes Erspartes an ihre Eltern im Norden Deutschlands, die zu den drei jüdischen Familien dort gehören, die noch nicht von den Nazis ermordet wurden. Er schildert, wie die Eltern leben, in einem fensterlosen Raum, ohne Erlaubnis, tagsüber nach draußen zu gehen, nachts Licht zu machen, Radio oder Telefon dürfen sie nicht benutzen. Immer wenn sie genug von dem Geld, das ihre Tochter ihnen schickt, zusammenhaben, wird ihnen gesagt, dass die Bestechungssumme, um ausreisen zu dürfen, sich erhöht hat. Bis vor Kurzem konnte die Tochter noch schreiben: Habt Geduld, verliert die Hoffnung nicht. Ich schicke euch weiter Geld. Irgendwann wird es reichen. Dann kommt ihr endlich hierher. Hier ist Himmel! Man lebt hier unter Freunden!

Aber was soll sie jetzt schreiben? Das mit den Freunden gilt nicht mehr? Ich bin jetzt Feindin, genau wie die Schlächter, die euch foltern? Vergesst alles. Es war nur ein Traum. Geht nach Polen und sterbt.

Thomas Mann ist unangenehm berührt. Er versteht natürlich, dass Frank mit dieser Art von Rhetorik das Gemüt der Komitee-Mitglieder ansprechen will. Aber ist das nicht zu grell gesagt? Reicht der Appell an die Vernunft nicht aus? Mann kennt das schon von Frank, dieses immer etwas zu groß Gemalte, das Schwärmerische. In den revolutionären Zeiten nach dem Ersten Weltkrieg, als Frank im »Rat geistiger Arbeiter« unter der Führung Heinrich Manns gesprochen hat und wie das dann zu wilden, unergiebigen Diskussionen geführt hat. Thomas Mann versteht das nicht so recht. Denn Keimzelle der Freundschaft von Frank und Mann war die Verehrung des zwölf Jahre jüngeren Frank gegenüber dem mit den »Buddenbrooks« schon berühmt gewordenen Autor. Und hat Frank für diese Verehrung nicht schöne, Mann schmeichelnde Worte gefunden, die gerade das Maßhalten ins Zentrum stellen? Vom »Wille zum Gesetz und zur Haltung« hat Frank geschrieben, von der »inneren Disziplin«, der »sittlichen Ökonomie«. Der Rausch ist da, natürlich, aber das Ereignis der Literatur Thomas Manns bestehe doch eben genau darin: dass und wie dieser Rausch bezwungen und gebändigt wird. Manns Figuren hätten die Kraft von Geistern, von Traumgestalten. Sie schweben gleichsam eine Handbreit über dem Boden. Dass sie nicht gänzlich abheben, dass sie dennoch realistisch wirken, das liege an Manns »naturalistischer Disziplin«. Und in dieser Haltung dachte Mann Frank als Komplizen zu haben – als humanen Gentleman hat Frank sich doch selbst bezeichnet.

Deswegen ist Mann überrascht, dass Frank diese Maxime des ästhetischen Bezwingens so gar nicht beachtet. Da er sich vor dem Tolan-Komitee rhetorisch stärker zurückhält, fallen Gemeinheiten wie die, dass die Enemy-Alien-Sache doch eher eine Angelegenheit der Japaner sei, nicht so stark auf. Die japanischen Bürger in den USA sind denn auch die großen Verlierer beim Ringen um den Umgang mit den Enemy Aliens. Die Deutschen sind Maßnahmen wie einer Ausgangssperre zwischen zwanzig und sechs Uhr ausgesetzt. Ärgerlich, aber harmlos. Dass es für die Deutschen und Italiener nicht schlimmer wird, mag durchaus solchen Auftritten wie Thomas Mann und Bruno Frank und deren grundsätzlicher Lobbyarbeit geschuldet sein.

Die Japaner der Westküste werden dagegen aus ihren Wohnungen, Milieus und Arbeitsverhältnissen gerissen und in Lager ins Landesinnere gebracht. Thomas Mann bemerkt das, weil die Preise für die Gartenarbeiten an seinem Haus steigen – weil die Pflanzen, die bisher von japanischen Züchtern gezogen worden sind, nicht mehr so leicht verfügbar sind.

Katia und Thomas Mann sind im Frühjahr 1941 endgültig von Princeton an die Westküste gezogen, zunächst in ein Mietshaus im Ranch Style am Amalfi Drive, ganz in der Nähe von Huxleys Haus. Im Februar 1942 beziehen sie das Haus, das sie sich nach langem Hin und Her, nach ständigem Zweifel und mehreren Kostensteigerungen selbst bauen haben lassen, eine halbe Stunde zu Fuß von der Wohnung am Amalfi Drive entfernt, wenn man sich vom Meer wegbewegt. Wo man dann aber, weil man auf diesem Weg immer bergauf geht, einen guten Blick auf den Pazifik hat. »Die Villa, von deren Arbeitszimmer der Dichter einen weiten Ausblick über den Pazifischen Ozean hat, wird nach einer Gruppe hoher Palmen den Namen ›Seven Palms‹ führen«, heißt es in der deutsch-jüdischen Exilzeitung »Aufbau« in einem kurzen Artikel. Er ist mit einem Foto bebildert, das den »General Contractor«, den Architekten, Thomas und »Frau Thomas Mann« auf dem Grundstück beim Betrachten des Bauplans zeigt. Der Architekt, der es dann am Ende geworden ist, Julius Ralph Davidson, hat einen Kompromiss gebaut, modern, aber nicht zu sehr. Die Manns hätten durchaus gerne ein Haus im Kolonialstil gehabt, aber der Architekt war dagegen und hat sich durchgesetzt. Dennoch ist der Entwurf eher solide als kühn, es ist kein kubistisches Glashaus, wie sie Richard Neutra baut und Thomas Mann nicht schätzt. Es legt nicht etwa seine Konstruktion frei oder ähnliche Modernismen. Die Materialien sind bis auf die Metallfensterrahmen konventionell. Es war für Davidson nicht der beste Bau in seinem Portfolio, er lässt es selten fotografieren, nie führt er es Interessenten vor. Als »nostalgic German« kanzelt er einmal das schmale Rechteck ab, in dessen Erdgeschoss Garage, mehrere Wirtschaftsräume, die Küche, das Esszimmer und der geräumige Living Room mit Kamin und großer Fensterfront Platz haben. Die Rechteckigkeit wird abgemildert durch den für Thomas Mann wichtigsten Raum: das Arbeitszimmer. Es ist schräg an das Rechteck angebaut, ist über einen kleinen Zwischenraum mit dem Wohnzimmer verbunden. Dort befindet sich auch eine Treppe, die zu Manns Schlafzimmer im ersten Stock führt, sodass er nicht durch andere Räume gehen und eventuell andere Familienmitglieder oder Gäste treffen muss, wenn er nicht möchte. Das Arbeitszimmer gewährt den schon zeitungsbekannten Blick auf den Ozean, davor sieht man den Garten mit den Palmen, »Avocadohaine, vereinzelte Villen und ferne Abhänge«. Für die Innenarchitektur beauftragen die Manns nicht den dafür bestens prädestinierten

Davidson, sondern Paul Huldschinsky, einen guten Bekannten aus der Münchener Zeit. Mit ihm gelingt es ihnen, die zurückgenommene Modernität des Hauses noch ein Stück weiter zurückzunehmen. Er könne die Zweckkunst der Gegenwart nicht ungeschehen machen, heißt es in einem Buch über Huldschinsky. Aber er versuche wenigstens, sie anmutig zu verstecken. Und so gruppieren sich über verschiedene Stationen des Exils gerettete Einrichtungsstücke zu einer ihrerseits zurückgenommenen großbürgerlichen Aura. Stühle und Sofas sind mit Stoff überzogen, gerne mit floralen Mustern, Empire-Schränke, Kommoden und Betten sind aus schwerem dunklem Holz, es gibt deckenhohe Kerzenständer, das Grammofon und Jugendstilbilder an den Wänden. »Möbel, denen man ihren Gebrauch ansieht, und ein heimeliges Durcheinander zeigen, dass dieses Haus seinen Bewohnern dient und nicht umgekehrt«, heißt es in einer Homestory der Los Angeles Times.

So ein Haus mit einem solchen Grundstück benötigt Personal zum Gärtnern, Kochen, Putzen, Bedienen. In Kriegszeiten wird es zunehmend schwerer, geeignete Bewerber zu finden, manche stellen sich für die Manns nach Dienstantritt als weniger geeignet heraus als erhofft. Im Oktober 1945, nach der japanischen Kapitulation, werden die Manns erleichtert darüber sein, endlich ein neues Pärchen für die Hauswirtschaft zu haben.. »Diese liebenswerten Leutchen waren durch den grausamen Krieg ihres Eigentums verlustig gegangen, sie hatten die Mißhelligkeiten der Lager-Entwürdigung kennen gelernt und suchten sich wirtschaftlich wiederherzustellen, indem sie dienten«, schreibt Mann später. Wenn man es ein klein weniger genauer ausdrücken möchte: nicht durch den grausamen Krieg, sondern durch die Maßnahmen der amerikanischen Regierung gegen japanische Bürger, die den Deutschen erspart geblieben sind.

1942

Komplizierter Solo-Tanz

Auf Distanz ist es besser, für beide. Auf Distanz ist es auch nicht leicht, aber leichter aushaltbar. Aber jetzt, wo wieder einmal eine Begegnung stattfindet, sind die Nerven zum Zerreißen angespannt. Denn diese Begegnung geht schon in den siebten Tag. Thomas Mann ist wie jeden Tag Punkt zwölf Uhr an der besten Adresse am Pazifik: in der Luxusanlage des Hotels Miramar direkt am Hang zum Strand von Santa Monica. Wenn ein Filmstudio wie MGM einen kommenden Star wie Greta Garbo einquartieren will, dann kann es nur das Miramar sein. Garbo hat drei Jahre lang dort gewohnt, so lange wie nirgendwo sonst in Los Angeles.

Mann geht nicht in das Hauptgebäude des Hotels, er geht an dem alten mächtigen Feigenbaum vorbei zu der Bungalow-Anlage. Agnes E. Meyer hat sich dort eingemietet und bekommt, wie all die Tage zuvor, von Thomas Mann die Geschichte von Thamar vorgelesen, einen Einschub im Joseph-Roman. Es ist die Geschichte einer Frau, die sich mit aller Macht in die Geschichte von Josephs Vater Jaakob, in die Geschichte Israels einschalten will, koste es, was es wolle. »Ein Weib saß zu Jaakobs Füßen, des Geschichtenreichen«, so beginnt die Geschichte. »Wo kommt das Weib her, das junge und ernste, das man so oft zu seinen Füßen findet, und was für ein Weib ist das?« Nun, Agnes E. Meyer ist schlicht die Person in Amerika, von der er am meisten profitiert und die ihn am meisten fordert. Als Tochter deutscher Einwanderer begann sie eine journalistische Karriere, tummelte sich im New Yorker, später im Pariser Kunstmilieu und genoss, wie sehr die Künstler und Literaten von ihrer Intelligenz, von ihrer Selbstständigkeit, von ihrer Attraktivität beeindruckt waren. Inzwischen ist sie mit Eugene Meyer verheiratet, der früher mal Finanzminister war, durch Börsengeschäfte schwerreich geworden ist und die Gelegenheit nutzte, als die Washington Post preiswert zu erwerben war – jene Zeitung, die Jahre später unter der Ägide einer der Töchter von Agnes E. Meyer, Katharine Graham, die Watergate-Affäre aufdecken wird.

Eugene bietet ihr ausreichend Freiheit und mächtige Instrumente für ihre kulturpolitischen Interessen, kurz: Agnes E. Meyer ist eine der am besten vernetzten und einflussreichsten Menschen im politischen Washington.

Thomas Mann liest ihr also die Thamar-Novelle vor. Thamar ist eine starke Figur, unbeirrbar in ihrem Verlangen, in das Leben Jaakobs und seiner Familie hineinzukommen, sich »einzuschalten«, wie Thomas Mann schreibt – eines dieser Worte, die der Schriftsteller seiner Geschichte wie auf einem Silbertablett präsentiert und von allen möglichen Perspektiven anstaunen lässt. Sich einschalten in sein Leben – anders vermag er auch die Unbeirrbarkeit von Agnes E. Meyer nicht zu fassen, mit der sie sich zu einer der wichtigsten Personen seiner amerikanischen Jahre macht.

Meyer interviewte Thomas Mann bei seiner dritten Amerikareise. Und sie schrieb ihm von ihrer Begeisterung, nachdem sie im Radio sein Bekenntnis zur Aufnahme des Kampfes gegen den Faschismus gehört hatte. Aber Thomas Mann wurde oft interviewt und bekam viel Post. Deswegen versuchte er, den Brief schnell abzufertigen unter der bedrohlich anschwellenden Korrespondenz. Aber damit ließ Meyer sich nicht abspeisen. Mit den nächsten Briefen gab sie sich zu erkennen. Sie fädelte die Gastprofessur in Princeton ein, verschaffte ihm ein regelmäßiges Einkommen als Berater der Library of Congress und ermöglichte ihm damit die materielle Sicherheit, auf deren Grundlage er die Rolle der Galionsfigur der Emigration einzunehmen vermochte.

Die Mann-Familie weiß den Einfluss und das Vermögen von Meyer derart zu schätzen, dass ihre Mitglieder – Thomas Mann vorneweg – an die Grenze des guten Geschmacks gehen, um für materielle Unterstützung zu werben. Mann zum Beispiel ist durchaus in der Lage, sich bei ihr darüber zu beschweren, dass Hermann Hesse von einem Mäzen ein Haus gebaut bekäme. Er aber sich mit eigenem Vermögen ein Haus in Pacific Palisades bauen müsse. Meyer lässt sich auf solche Betteleien nicht ein. Das diskrete Geschick, mit dem sie ihm durch die Bibliotheksstelle dennoch einen beständigen Geldfluss verschafft, weiß Thomas Mann dann aber sehr zu schätzen. Das ist die Art von Formvollendung, die Mann von jeder künstlerischen Anstrengung fordert, hier, in der pragmatischen Lebenskunst trifft er sich mit ihr auf Augenhöhe, wie er findet. Der Rest ist Anstrengung.

Thomas Mann findet sie in ihrer Verehrung ihm gegenüber exaltiert, aber was ist aus Thomas Manns Perspektive nicht exaltiert? Sie ist selbstbewusst in ihren Forderungen, das findet Mann grundsätzlich unangenehm, und von Frauen außerhalb seiner Verwandtschaft ist er so was ohnehin nicht gewohnt. Sie ist verliebt in die Idee »Thomas Mann«, das würde er sich ja vielleicht noch gefallen lassen. Es ist mühsam genug. Denn was war noch mal genau die Idee »Thomas Mann«?

Als Thomas Mann im Herbst 1938 nach zahlreichen Besuchen »endgültig« nach Amerika kam, wurde diese Idee sehnsüchtig erwartet. Durch die Umtriebigkeit seines amerikanischen Verlegers Alfred A. Knopf war er dem amerikanischen Publikum längst ein Begriff, 1934 war er auf dem Cover des Time Magazine, das Wort vom »größten lebenden Schriftsteller« fand sich immer öfter ein. 1937 aber schreibt die einflussreiche Journalistin Dorothy Thompson mehr als nur ein weiteres Porträt über den prominenten Gast. Sie heißt ihn willkommen, sie gemeindet ihn ein, sie macht ihn zum Fackelträger und zur Zeitkapsel all der Charakteristika europäischer Kultur, die Amerika gerade gut gebrauchen könne. Wenn Thomas Mann den berühmten Satz sagt, dass Deutschland da sei, wo er sei, dann wiederholt er eigentlich nur, was Thompson ihm über ihren Zeitungsartikel zugerufen hat: »Sie tragen diese deutsche Kultur mit sich, wohin auch immer Sie gehen!« Und Thompson schreibt in Manns Werk eine gleichsam prophetische Kontinuität ein. Mit den »Buddenbrooks« habe Mann den Verfall des Bürgerlichen vorweggenommen und im »Zauberberg« die Krankheit Europas zur Darstellung gebracht, die heute offenbar geworden seien.

Agnes E. Meyer kann sich diesem Bild von Thomas Mann gänzlich anschließen. Dass Thomas Mann lebt und dass er schreibt und dass er schreibend die Nervositäten und die

Selbstbezüglichkeit der Décadence überwunden hat: ein Beweis für die Zukunftsfähigkeit der liberalen Idee. »Halt! Achtung! Epoche! Das kam zu mir!« So begrüßt der schon etwas kauzig gewordene Hans Castorp die Neuigkeit des Grammofons. »Epoche! Der kam zu mir«, könnte auch Meyer sagen. Schon in ihrem ersten Brief ergriff sie Thomas Manns ausgestreckten Arm: Er nehme die kämpferische Aufgabe an, öffentlich gegen den Faschismus einzustehen, auch wenn diese Haltung dem weltscheuen Dichter widerstreite. Gleichzeitig ist für Meyer das, was Mann für diesen Kampf prädestiniert, eben genau sein Künstlertum: der Beweis, dass rohe Brutalität nicht siegt über das schöne Wort. Aus diesem Widerspruch zwischen politischer Wirksamkeit und dichterischer Konzentration werden die beiden nie so ganz herausfinden.

Auch in anderen Belangen ist Meyers Liebe anmaßend: sie möchte nicht nur bei den materiellen Dingen behilflich sein, das ist ja völlig zweitrangig, sie möchte mitarbeiten an dem Projekt Thomas Mann, das Thomas Mann möglicherweise noch nicht in Gänze klar geworden ist. Zu kalt sei er manchmal, das Ideal vom Gleichklang zwischen Geist und Sinnlichkeit sei zu oft in Schieflage zu Ungunsten der Sinnlichkeit. Das wäre eine Aufgabe, die sie sich zutrauen und zumuten würde, und dazu könne sie ihm gleich noch die Angst vor der Verführungskraft des Weiblichen nehmen. Mann kann die Angst vor dem Weiblichen amüsiert und empört zurückweisen, aber den Rest?

Diese Beziehung nimmt ihn zu sehr in Anspruch, ist ihm »zu reibungsvoll, zu gespannt, zu elektrizitätsgeladen, zu peinvoll emotional«. Thomas Mann verträgt so etwas nicht gut, er brauche »Ruhe und Frieden wie das liebe Brot«. Im Medium, das Mann am besten beherrscht, ist das noch zähneknirschend zu bewältigen: im charmierenden, abwehrenden, strengen, zügelnden Briefwechsel. Wenn es aber zum leibhaftigen Besuch, Langzeitbesuch gar, kommt, werden nicht nur das schmale Zeitbudget, sondern sämtliche mentalen Reserven aufs Äußerste strapaziert. Aber natürlich muss es sein, Mann darf seine »tyrannische Förderin« nicht enttäuschen. Und da ist er nun, Tag für Tag, Punkt zwölf im Luxushotel, extrem gefordert von anmaßender Verehrung, das ist ihm alles zu aufgeladen, penible Gespräche, Verfänglichkeiten, froh ist er jetzt, dass der Besuch bald zu Ende ist.

Thomas Mann kann nicht anders, als das, was ihn umgibt, als Material zu benutzen, also gelangte auch Agnes E. Meyer als Facette einer Figur in den Joseph-Roman. Das war lebenswelttechnisch ungeschickt, denn es führte natürlich wieder zu Ekstase und Überschwang aufseiten der sich erkennenden Agnes E. Meyer. Aber was soll er tun, er kann nicht anders. Thomas Mann liest Agnes E. Meyer vor, wie Thamars erste Gatten auf eine Weise ums Leben kommen, die die Zuhörerin vermuten lässt, dass Thamar nachgeholfen hat. So sehr will sie sich in die Geschichte einschalten, sie schreckt vor nichts zurück.

»Sie zu lieben, mein Freund, ist eine hohe Kunst«, schrieb Meyer im letzten Jahr, »ein komplizierter Solo-Tanz.« Sie sieht sich nicht ungerne an der Stelle Thamars, die voll leidenschaftlichen Stolzes der Geschichte des großen Erzählers lauscht. Und unbeirrbar ihre Ziele verfolgt. Aber dass sie dafür mehrere Gatten umbringen soll, ist dann doch etwas zu exaltiert. Sie hat einen alternativen Vorschlag. Thamar und Jaakob: durchaus reizend. Aber warum nicht lieber gleich an das Bündnis von Jaakob und Gott denken. Natürlich, die Positionen würden jeweils ein Stück weiter rücken: Sie wäre Jaakob und Mann wäre Gott. Warum sollte so ein Bündnis in einer rein menschlichen Begegnung nicht möglich sein?

Der Bund von Mensch und Gott: Das war der Kern der Idee, auf die das konservative und liberale Amerika gleichermaßen sehnsüchtig gewartet hat. Nach dem Abgesang auf das dekadente, spätbürgerliche Europa in den »Buddenbrooks« und dem »Zauberberg« macht Mann mit den Joseph-Romanen ein Angebot, wie stattdessen zu leben möglich sei. Die Figuren in den Romanen sind nicht frei, sie leben entlang des Entwurfes, den es in den alten Geschichten von ihnen gibt. Sie gehen »in Spuren«, wie es heißt. Das ist Labsal für alle eher konservativ gestimmten Leser. Der Mensch ist eingebettet in Traditionen und Rollenbilder, das gibt ihm und der Gesellschaft Sicherheit. Wohin das ständige Bestreben nach losgelöst freiem Willen, nach haltloser Individualisierung führt, das hat man ja gesehen. Aber andererseits wären es ja unerträglich langweilige Romane, wenn alles genau so ablaufen würde, wie es der Mythos bereits erzählt hat. Und es wäre eine unerträglich starre Gesellschaft, in der alle nur so sein dürften, wie sie zu sein haben. Also emanzipiert Thomas Mann seine Figuren. Sie sind sich ihrer Rolle bewusst, sie können – manchmal mehr, manchmal weniger – über ihre Zuschreibungen verfügen. Sie verändern die Spuren, in denen sie gehen, indem sie in ihnen gehen. Es gibt in der Wiederholung des schon Dagewesenen Fortschritt. Selbst der Gott darf kritisiert werden, wenn er zu grausam, zu altertümlich agiert. Das ist der Bund, den Meyer meint und den sie sich für sich und den Schriftsteller gut vorstellen kann. Manchmal emanzipieren sich die Figuren mehr, als es der Schriftstellergott vorgesehen hat.

1943
Erledigt

Thomas Mann hat den letzten Joseph-Roman beendet und danach noch die Erzählung »Das Gesetz«, eine Auftragsarbeit zu einer Anthologie über die Zehn Gebote. Er sitzt an seinem Schreibtisch ohne aktuelles Projekt, an dem er weiterschreiben könnte. Unter Mühen, voller Zweifel vielleicht, aber immerhin weiterschreiben. Jetzt kann er, muss er nach sechzehn Jahren Arbeit an der Joseph-Tetralogie und den dazwischen eingeschobenen »Die vertauschten Köpfe« und »Lotte in Weimar« innehalten. Erledigt-Haben ist auf längere Frist für Thomas Mann kein akzeptabler Zustand.

Also hat er längst begonnen, darüber nachzudenken, was als Nächstes kommen könnte. Felix Krull, hat Katia vorgeschlagen, die Bekenntnisse des Hochstaplers, die er 1913 abgebrochen hat, könnte er doch wieder aufnehmen. Mann findet zunehmend Gefallen an dieser Idee. Es wird ja nun wohl sein letztes Buch sein, und da gefällt es ihm, wenn ein weiter Bogen gespannt wird, wenn sich sein Leben auf diese Weise rundet. Kontinuität. Nicht umsonst sitzt er an seinem mächtigen Mahagonischreibtisch, an dem er schon in München saß. Die Manns sind 1933 aus einem Urlaub nicht mehr zurückgekehrt und haben ihr Exil begonnen. Aber es gelingt ihnen, vierzig Kisten Hausrat in ihr neues Domizil in der Schweiz transportieren zu lassen. Drei Wochen später kommen auch Schreibtisch, dazugehöriger Stuhl, der Hamburger Empire-Fauteuil. »Es ist träumerisch, sie zu sehen«, schreibt Thomas Mann. Dann baut er sich die übliche und gewohnte Anordnung der »kleinen Gebrauchs- und Ziergegenstände« zusammen: ein Jugendfoto Katias, ein siamesischer Krieger, eine chinesische Aschenschale, Schere, Brieföffner, selten kommt etwas hinzu, eine ägyptische Dienerfigur zum Beispiel, als er am Joseph arbeitet.

Und dieses Ensemble wird in dieser Anordnung in jede neue Behausung transferiert: Princeton, Amalfi Drive, schließlich in das bisher schönste Arbeitszimmer im selbst gebauten Haus am San Remo Drive. Sein Arbeitszimmer ist eine Zeitkapsel, er braucht die »förderliche Lebensordnung«, die Beständigkeit, von immer denselben Dingen umgeben zu sein. Tisch, Sessel, Lampe, Bücherreihe: Damit kann er sich zur Not ein Interimszuhause aufstellen wie im Hotel Beverly Hills. Aber für eine dauerhafte Miniaturheimat bedarf es der Anordnung des gewohnten Krimskrams. Dieses Ensemble darf dann gerne in einem funktional modernen Gehäuse untergebracht sein, mit hellem, wildem Licht, Palmen und Avocadohainen hinter dem Fenster.

Thomas Mann sitzt an diesem Tisch, aber er schreibt noch nicht. Er blättert in alten Notizbüchern, wird melancholisch, aber auf eine eher aufgeräumte Weise, wird an die Zeit mit seinem Schwarm Paul Ehrenberg erinnert. »Man kann die Liebe nicht stärker erleben«, hatte er ins Tagebuch geschrieben. Aber er hat sich eine Verfassung gegeben, er hat es erlebt, nicht ausgelebt, das Kunststück war, es zur Kunst zu machen. Wer möchte da sagen, dass das Leben besser ist?

In welcher Hinsicht? Intensiver? Dann wäre es schlechte Kunst. Weniger Leid? Weniger Leid doch in jedem Fall, wenn es Kunst ist!

Möglicherweise ist der Hochstapler Felix Krull doch nicht die beste Idee für die nächste Unternehmung. In den alten Notizen steht eine winzige Ideenskizze für einen Roman, der Liebe, Leid und Kunst zusammenbringt: »Der syphilitische Künstler nähert sich von Sehnsucht getrieben einem reinen, süßen jungen Mädchen, betreibt die Verlobung mit der Ahnungslosen und erschießt sich dicht vor der Hochzeit«. Gut, das ist ein wenig grob gefügt, aber etwas später wurden Kunst und Leid zwingender verbunden: Der Künstler hat die Syphilis, weil er sich dem Teufel verschrieben hat, um mit dem Gift in einen Rauschzustand zu kommen, der ihn dazu befähigt, »geniale, wunderbare Werke« zu schaffen. Der Teufel führt ihm die Hand, bis er ihn sich schließlich holt mit dem Endzustand der Krankheit, der Paralyse.

Und eigentlich hat er doch schon die ganze Zeit auf Kunst und Syphilis hin gelesen, hat sich Strawinskys Erinnerungen vorgenommen und biografische Bücher über Nietzsche, mit deutlicher Schlagseite zum kranken, am Ende zusammenbrechenden Nietzsche. Der Künstler könnte also Musiker sein, es wäre zu selbstbezüglich, wenn er Schriftsteller wäre, außerdem fügt sich das Rauschhafte gut zur Musik, für Thomas Mann ist die Musik die Kunst, die am stärksten die Sinnlichkeit anspricht, am weitesten weg ist von Vernunft und Klarheit. Und Rausch und Unvernunft, das passt doch gut zu seiner Heimat, zu dem Deutschland, das im Wahn der Nationalsozialisten taumelt. Teufelspakt, das ist das alte Deutschland, die Sphäre von Luther und Dürer, aber das ist doch gerade das Problem des neuen Deutschlands, dass es der Moderne begegnet mit einem Sturmlauf ins Alte, in die vermeintlich glorreiche mythische Welt des Deutschtums. Das wäre doch ein mögliches neues Projekt nach der Joseph-Tetralogie: Mythos nicht als Heimat des Menschlichen, sondern als Gefährdung der Gegenwart.

*

Am 23. März 1943 öffnet Thomas Mann seine Kladde und beginnt den neuen Roman, »Doktor Faustus«. Der neue Roman beginnt mit einem Menschen, der am 23. März 1943 mit seinen Aufzeichnungen beginnt, die der Roman sind. Das ist eine Idee, mit der Thomas Mann sehr zufrieden ist. Einerseits macht es das Maskenspiel, das er mit seinen Erzählern spielt, diesmal unmissverständlich. Die Stimme, mit der die Werke von Mann erzählt werden, ist immer eine Erfindung, selbst wenn sie keiner Figur gehört, die im Werk auftaucht. Das ist ja gewichtiger Bestandteil des Ironischen: nichts ist unangefochten, auch der Erzähler nicht, deswegen verstrickt er sich, ist er lachhaft pompös oder pedantisch, werden seine Interessen sichtbar. Immer wieder bemerkt Thomas Mann, dass die Leser die Erzählstimme mit ihm selbst verwechseln. Dass sie ihn bewundern für seinen gleichsam olympischen Gestus, dass sie ihn verlachen für die Anmaßung, für die Kompliziertheiten, für das Altmodische. Fast schon wieder amüsant, diese Verwechslung, wenn es nicht so ärgerlich wäre.

Diesmal aber gibt es kein Vertun, diesmal ist die Figur völlig klar konturiert, sie gibt sich von Anfang an im Übermaß zu erkennen. Es schreibt Serenus Zeitblom, ehemaliger Latein-, Altgriechisch- und Geschichtslehrer zunächst an dem Gymnasium, an dem er selbst Schüler war. Sehr enger Lebenskreis also. Seine Frau Helene hat er sich nicht zuletzt wegen des Namens ausgesucht, Helena war die schönste Frau der mythischen Welt, wegen ihr ist der Trojanische Krieg ausgebrochen. Aber eben nicht, weil seine Frau so unglaublich schön wäre, hat er sie sich ausgesucht, sondern weil ihn wenigstens der Name in die glorreiche Welt seiner humanistischen Scheuklappen entführen soll, wenn es schon die eigene Lebensrealität nicht tut. Das weiß er alles selbst, er ist nüchtern, alles Rauschhafte, alles, was das durchschnittlich Menschliche übersteigt, ist ihm fremd.

Ein idealer Erzähler für das alles durchschnittlich Menschliche übersteigende Genie seines Freundes Adrian Leverkühn, den Komponisten. Durch die Linse der Biederkeit wird das Dämonische bei Leverkühn erst so richtig sichtbar. Und mit der Erschütterung der Biederkeit durch das Dämonische lassen sich zahlreiche komische Effekte erzielen. Das Beste daran: Zeitblom ist ein schlechter Schreiber. Siebenhundert Seiten in einem Stil, der dauernd als schlecht, umständlich, mühsam, seinem Gegensand nicht adäquat beschrieben wird: Das soll ihm erst einmal einer nachmachen. Zeitblom ist also meilenweit von Thomas Mann entfernt.

Andererseits ist Zeitblom ein bezwingendes Porträt eines Thomas Manns, wie er sein könnte. Zeitblom weiß von den unteren Gewalten, weiß, dass sie zum Gesamtmenschen gehören, aber würde sie gerne bändigen. Das ist sein Verständnis von Kultur: die »begütigende Einbeziehung des Nächtig-Ungeheueren«. So umständlich und dröge könnte es auch Thomas Mann sagen, wenn er nicht ein so guter und also ungleich besserer Schriftsteller als Zeitblom wäre. Und so würde es Thomas Mann auch gerne handhaben, wenn er nicht wüsste, dass das mit der Begütigung nie so recht funktioniert. Und Mann kann sich durchaus vorstellen, sich in stillem Protest ins Münchener Umland zurückgezogen und in »befremdeter Stellung zu den vaterländischen Gewalten« ausgeharrt zu haben. Wenn er sich nicht einen Tick stärker zu den »unteren Gewalten« hingezogen fühlen würde als Zeitblom und deswegen das Entsetzen über die Gefährlichkeit und die Dummdreistigkeit der Nazis ein größeres ist. Und ihn außerdem seine Kinder Klaus und Erika vehement dazu gedrängt haben, 1936 endlich unmissverständlich und öffentlich gegen das nationalsozialistische Regime Stellung zu beziehen.

Deswegen ist Thomas Mann natürlich nicht nur Zeitblom, sondern auch der Komponist Adrian Leverkühn, das künstlerische Genie, das seiner Umwelt entrückt ist, von dem beständig eine gewisse Kälte im Menschlichen ausgeht, weil ihn nichts mehr interessiert als sein nächstes Kunstwerk. Wie ein Werk zu machen wäre, das nicht aus flauem Traditionalismus heraus entsteht. Das keines von all den erzählerischen Tricks, die ihm Ruhm und Ehre eingebracht haben, anwendet. Keine Mittelchen. Das den Leser schmerzt, wenn die Hauptfigur Schmerz empfindet. Das ihn eine unangemessene Berührung empfinden lässt, wenn die Hauptfigur unangemessen berührt wird. Wie trifft man im künstlerischen Medium sich selbst, einen Menschen, das Wesen des Menschlichen, wie trifft man die stete, scharfe Gegenwart?

*

Thomas Mann sitzt am Schreibtisch und ist zufrieden. Das ist ungewöhnlich, denn er schreibt gerade nicht. In der frühen Phase, in der er sich mit einem neuen Roman befindet, ist jede Unterbrechung, jede Störung, jede Ablenkung ungünstig, ja ärgerlich.

Doch jetzt liest er maschinengeschriebene Blätter, einen Text, den ihm ein entfernter Bekannter zur Lektüre überlassen hat. Mann braucht für alle seine Prosawerke ständige Informationszufuhr, die Welt, die er in seinen Romanen und Erzählungen baut, will gefüllt sein. Er ist kein besonderer Freund von großen Wissensbeständen, er liest sich an, was er benötigt, dann vergisst er es wieder. Er ist zufrieden mit der Lektüre des Textes vor ihm, denn hier ist das Material bereits auf eine Weise bearbeitet, die erstaunlich gut zu seinem Vorhaben passt. Seine Hauptfigur ist ein Komponist, also muss Mann über musikalisches Wissen verfügen können. Musik ist nach Literatur Manns liebste Kunst, er ist umgeben von hervorragenden Musikern wie seinem Freund Bruno Walter, der sich oft vor lauter Begeisterung über das Stück, das er gerade mit einem der großen amerikanischen Orchester einübt, einfach ans Klavier setzt und die besonderen Stellen darin zu Gehör bringt, sie kommentiert, auf Eigentümlichkeiten, Grandiositäten hinweist. Mann kann leidlich musizieren an der Violine und am Klavier, und seine romanesken Beschreibungen von musikalischen Vorgängen waren oftmals Gegenstand von Lob und Preis. Aber dennoch braucht er für eine Komponistenfigur ein genaueres Wissen über die technischen Umstände und musikalischen Einzelheiten. Von Michael, seinem jüngsten Sohn, der Bratschist geworden ist, hat er sich bereits einen Grundkurs in Harmonielehre geben lassen, aber wie mühsam wäre es, müsste er auf diese Weise weitermachen: Wissen, das er nach dem Roman nicht mehr gebrauchen kann, das ihn außerhalb des Romans auch nicht besonders interessiert, nicht nur aufzusuchen und zu sammeln, sondern auch derart zu verinnerlichen, dass er es in das Gefüge der Handlung und der Figurencharakteristika einpassen kann. Deswegen gefällt ihm die Lektüre dieses Typoskripts so ausnehmend gut, denn hier ist diese Arbeit schon vollzogen, hier ist Musik schon eingepasst, und zwar direkt in eine Analyse der Gegenwart.

Der Text, den Mann vor sich hat, ist von Theodor Wiesengrund, der sich später nur noch nach seines Mutters Namen Adorno nennen wird. Adorno ist einer der vielen Emigranten, denen man hier an der Westküste begegnet. Mann traf ihn zum ersten Mal bei einer Einladung von Max Horkheimer, dem Direktor des Instituts für Sozialforschung, das sich nach dem Machtantritt der Nazis über Genf nach New York an die Columbia University retten konnte. Horkheimer ist mit seiner Frau hierhergezogen, sie haben sich kurze Zeit vor den Manns ein Haus fast schräg gegenüber gebaut. So ganz genau hat Mann nicht verstanden, warum der Chef des Instituts in Los Angeles sein muss, während die meisten anderen Mitarbeiter in New York arbeiten. Und warum er gerade Adorno hergeholt hat, der sich bisher noch mit nichts hervorgetan hat, Mann hat jedenfalls noch nichts von ihm gehört. Außerdem scheint Adorno auch in anderen Zusammenhängen als dem Institut unterwegs zu sein, er ist befreundet mit dem Geiger Kolisch, Eduard Steuermann, der Bruder von Salka, war sein Klavierlehrer, denn eigentlich wollte Adorno Komponist werden, er hat bei Alban Berg, einem Schüler von Schönberg, Privatunterricht genommen. Irgendwann müsse er sich zwischen Kant und Beethoven, zwischen Philosophie und Musik entscheiden, hat Berg dem Philosophiestudenten zugerufen. Aber augenscheinlich hat er eine Möglichkeit gefunden, diese Entscheidung zu umgehen. Der Text, den Thomas Mann vor sich hat, ist geradezu eine Art Dokument dieser Nicht-Entscheidung: »Zur Philosophie der neuen Musik« ist er überschrieben, eigentlich auch ein Roman, zumindest eine Erzählung, eine Geschichte der Entwicklung der aktuellen Musik, und ihre Hauptfigur ist Arnold Schönberg, der Erfinder der Zwölftonmusik, der kalifornische Nachbar.

Deswegen ist es einigermaßen kühn von Adorno, dass er Thomas Mann das Typoskript überlassen hat. Er zeigt diesen Text kaum jemandem, zu groß ist seine Angst, er könnte irgendwie zu Schönberg gelangen. Adorno verehrt Schönberg, er wäre nichts lieber als der geschichtsphilosophische Begleiter der historischen Leistung des Komponisten. Aber Schönberg war es von Beginn an eher unangenehm, geschichtsphilosophisch begleitet zu werden, außerdem war ihm Adornos Gebaren suspekt, zu devot in seiner Bewunderung und zugleich zu selbstgewiss, ja, überheblich in seinen Urteilen.

Der Text, den Thomas Mann gerade liest, war einer der Gründe, warum Horkheimer Adorno an die Westküste geholt hat. Horkheimer will fernab von den administrativen Pflichten seines Institutes das eine Buch schreiben, das die gültige Analyse der Gegenwart ermöglicht, und dieses Typoskript hat seine Vermutung bekräftigt, dass Adorno ihm dabei die größtmögliche Hilfe sein kann. An einem Gegenstand, der wahrlich nicht im Zentrum der aktuellen Probleme der Welt steht, der neuen Musik, versucht Adorno zu zeigen, dass die Barbarei, in der Europa gerade versinkt, nicht von außen, von wildgewordenen, blutrünstigen Monstern kommt. Sondern eine Konsequenz der abendländischen Entwicklung der Rationalität, des vernünftigen Denkens ist. Der Mensch hat sich aus der Übermacht der Natur befreien können. Aber nur, indem er diese Natur unterdrückt. Und diese Unterdrückung wird er nun nicht mehr los. Im Bereich der Musik hat Schönberg mit der Zwölftonmusik das musikalische Material von allem befreit, was ihm noch als geschichtliche Zufälligkeit, als laue Gewohnheit anhaftete. Um mit diesem völlig rational gemachten Material weiter umgehen zu können, um weiter komponieren zu können, gibt sich der Komponist ein rigides Regelsystem: Kein Ton darf erneut erklingen, bevor nicht alle anderen elf Töne der chromatischen Skala erklungen sind. Für Adorno ein geschichtsphilosophisch konsequenter, erneuter Zwang: »Aus den Operationen, welche die blinde Herrschaft des Stoffs der Töne brachen, wird durchs Regelsystem zweite, blinde Natur.«

Thomas Mann ist fasziniert. Und etwas angestrengt. Was für eine spannende, überspannte Konstruktion. Was für ein messerscharfer, überdichter, rasant argumentierender Text. Was für eine Geschichte! Mann ist noch nicht ganz klar, wie sie zu *seiner* Geschichte passen kann. Aber es gibt ihm eine Idee davon, was seinen Helden in seiner musikalischen Arbeit antreibt. Er schreibt mit zartem Bleistift die Tonfolge h e a e es an den Rand von Adornos Typoskript. Eine Chiffre für »Hetaera Esmeralda«, den Namen, den Leverkühn der Prostituierten gibt, bei der er sich absichtlich mit Syphilis ansteckt. Wie gut, einen derartigen Spezialisten in der Nähe zu wissen.

1943
Gott gesucht

Es gibt die Glückskinder der Emigration, die wie Thomas Mann, Franz Werfel oder Lion Feuchtwanger über genügend Einnahmen aus ihren Büchern im Ausland verfügen können, die ihren gewohnten Lebensstandard halten können, die den Verlust der Heimat in einem neu gebauten oder ausgebauten villenartigen Zuhause betrauern können. Aber es gibt auch die Künstler und Schriftsteller, die im Deutschland der Weimarer Republik geachtet und berühmt waren und die jetzt eine gänzlich unbeachtete und oftmals prekäre Existenz führen.

Alfred Döblin zum Beispiel, den sie alle bewundern für seine epischen Riesenentwürfe, die Gegenwärtigkeit und mythischen Gesang auf so bezwingende Weise zusammenbringen. Aber während Thomas Mann bangt, ob die amerikanische Übersetzung des letzten Bandes *seines* riesigen Joseph-Projektes im Book-of-the-Month-Club empfohlen wird, ist für Döblin allein die deutschsprachige Veröffentlichung des Manuskriptberges, auf dem er gerade sitzt, in weiter Ferne – von Übersetzungen ganz zu schweigen.

Döblin kam wie Heinrich Mann in den Genuss der Verträge mit den Filmstudios, die über die von Liesl Frank und anderen Mitstreitern organisierten Unterstützungsgeldern finanziert werden. Aber als der Vertrag nach einem Jahr ausläuft, ist keine Alternative in Sicht, und Döblin ist auf weitere und nicht mehr so diskrete Unterstützung angewiesen. Er muss in immer schlechtere Viertel und bescheidenere Wohnungen umziehen. In jenem Viertel von Los Angeles, die wegen der zahlreichen besonderen und spektakulären Villen in den begehrten Lagen im Westen in Pazifiknähe nicht so oft in den Fokus geraten. Der Sunset Boulevard trennt den reichen nördlichen Teil Hollywoods vom ärmeren südlichen, 1943 ist Döblin mit seiner Adresse in diesem Teil angelangt. 1943 feiert er aber auch seinen fünfundsechzigsten Geburtstag. Also muss die Emigrantengemeinschaft aushelfen, um ein wenigstens annähernd angemessenes Fest auf die Beine zu stellen. Helene Weigel hat einen kleinen mietbaren Theatersaal in Santa Monica aufgetan und nahezu sämtliche Exilprominenz versammelt. Heinrich Mann hält die Festrede, Eisler spielt einen extra für die Gelegenheit komponierten Satz auf dem Klavier (Döblin: »Ich habe nichts davon kapiert«), Alexander Granach, Peter Lorre und Fritz Kortner lesen aus Döblins Werken und Berthold Viertel die würdigenden Grußadressen der meist anwesenden Kollegen, Thomas Mann und Bertolt Brecht zum Beispiel. Ein Hauch von altem Europa ist im Raum.

Und jetzt betritt der Gefeierte selbst die Bühne. Brecht ist in diesem Moment ganz Ohr. Distanz ist für Brecht Erkenntnisquell, Gehässigkeit ist schützender Habitus, das Zwischen-den-Stühlen-Sitzen seine liebste Entspannungshaltung. Aber manchmal ist er auch gänzlich undistanziert, lässt allen Schutz, alle Ironie fallen. Wenn zum Beispiel jemand wie Döblin anfängt, davon zu sprechen, was die Intellektuellen, was man selbst versäumt hat, um Hitler zu verhindern. An welcher Stelle hat man sich mitschuldig gemacht? Das ist wesentlich, dazu hätte er einiges zu sagen, aber erst mal hören, was der gewaltige, schlaue, listige Döblin dazu sagt. »Sagten nicht Sie, Herr Thomas Mann, er sei wie ein Bruder, ein schlechter natürlich«, spricht Döblin Mann, der in der ersten Reihe sitzt, direkt an.

Das ist ein für Brecht denkbar schlechter Anfang. Brecht ist noch verärgert darüber, dass und wie Thomas Mann seine Unterschrift unter eine Solidaritätserklärung mit einem Moskauer Komitee für eine starke Demokratie in Deutschland nach Hitler wieder zurückgezogen hat. Am 1. August waren sie deswegen auch schon alle zusammengekommen, nur ohne Geburtstag und ohne Kunst. Viertel, Heinrich und Thomas Mann, Feuchtwanger, Brecht, stundenlang hatten sie gerungen um die Formulierung, mit der jeder von ihnen leben konnte. »Wir begrüßen die Kundgebung der deutschen Kriegsgefangenen und Emigranten in der Sowjetunion, die das deutsche Volk aufrufen, seine Bedrücker zu bedingungsloser Kapitulation zu zwingen und eine starke Demokratie in Deutschland zu erkämpfen.« So begann der Text. Aber da war für Thomas Mann schon mal gleich die Sowjetunion zu schnell genannt. Er plädierte dafür, allgemeiner zu beginnen: »In diesem Augenblick, da der Sieg der Alliierten Nationen näher rückt«, etc. Der eigentliche Konflikt entzündete sich aber an einem später genannten Punkt. »Auch wir halten es für notwendig, scharf zu unterscheiden zwischen dem Hitlerregime einerseits und dem deutschen Volke andererseits.« Wo aber verläuft diese scharfe Trennlinie genau? »Hitlerregime und Mitschuldige«, schlug Thomas Mann vor. Heinrich warb um »und Trusts«, ein Vorschlag ganz in Brechts Sinn. Denn das ist der genuin materialistische Erklärungsansatz für die Hitlerei: Die Nazis konnten nur groß werden, weil die herrschende Klasse sie gut benutzen zu können glaubte in ihrem eigentlich aussichtslosen Kampf gegen die soziale Revolution. Aber gut, man brauchte Thomas Mann als Galionsfigur für die Erklärung, also schwächte man den Passus ab zu »Hitlerregime und den ihm verbundenen Schichten«. Und trotzdem, trotz dieses Zugeständnisses zog Thomas Mann am nächsten Morgen seine Unterschrift zurück. Telefonisch! So scharf will er die Trennlinie zwischen Hitler und den Deutschen nicht gezogen wissen.

Brecht ist immer noch erbost. Hitler sei wie ein Bruder? Bruder vielleicht von Thomas Mann, aber ganz bestimmt nicht von ihm. Thomas Mann ist eben doch ein Mann der alten Zeit, Reptil nennt ihn Brecht, »überständig« würde Thomas Mann sagen, aber das ist ja wieder nur ein weiterer Beweis für seine Reptilhaftigkeit. Wenn Brecht Mann in die Augen sieht, dann hat er das Gefühl, dass dreitausend Jahre auf ihn herabschauen. Wie ungerecht, dass so eine Literatur wie die von Thomas Mann erfolgreicher ist als die von Döblin, diese parfümierte Sprache, ein Satzbau auf der Flucht vor seinen Gegenständen. Döblin, der gierig ist auf das Neue, der sich einwühlt in die Eingeweide seiner Gegenwart. Und dagegen das altgierige Reptil: schreibt die Joseph-Geschichte als Enzyklopädie des Bildungsspießers, als heiteres versöhnliches Menschheitsepos, und das, während Hitler die Welt zerreißt! Wie die Vision von den Deutschen nach den Nazis aussehen könnte? Brecht wüsste dafür einen wesentlichen Punkt: Wenn die Menschen aufhören würden, freiwillig die Romane Thomas Manns zu lesen, hätten sie einen wesentlichen Schritt zu ihrer Befreiung schon mal getan.

Döblins Rede beginnt für Brecht also schlimmstmöglich, also kann sie nur besser werden. Brecht ist ganz Ohr, ganz gespannt darauf, welche Punkte Döblin nennen wird, auf welche Weise sich die Künstler und Intellektuellen mitschuldig gemacht haben. Weil man die Verbrechen der Herrschenden vertuscht hat? Weil man die Bedrückten entmutigt hat? Die Hungernden mit Gesängen abgespeist? Hätte man die Arbeiter besser aufklären müssen, hätte man mehr Gegenpropaganda veranstalten müssen, alle Energie daran verwenden müssen, gegen den Kapitalismus anzuschreiben, zu agitieren, denn nur dessen Exzesse hätten die Leute in die Arme Hitlers getrieben …

Gott nicht gesucht!

Brecht glaubt, sich verhört zu haben. Weil wir Gott nicht gesucht haben?

Aber Brecht hat sich nicht verhört, Relativismus sei der Ruin, sagt Döblin, heutzutage gelte es, das Absolute anzuerkennen. Brecht mag es nicht glauben. Weil wir Gott nicht gesucht haben! Kein Verlass auf seine Helden, seine Mitstreiter, seine Kollegen. Die Emigration, ist sie schlimmer als befürchtet? Sollte sie uns nicht eigentlich klarsichtiger machen durch den Blick von weit weg auf Deutschland und nah dran am Kapitalismus? Stattdessen knickt nun auch Döblin ein, Pfaffenmystik statt nüchterner Analyse dessen, was ist. Ist er möglicherweise gar zum Christentum konvertiert?

Für die erste Reihe, für Thomas Mann, ist das auch ein

wenig zu stark. Mann sieht nicht ein, dass das religiöse Gefühl mit so einer heftigen Verve präsentiert werden muss.

Das ist ja auch das Problem bei Werfels »Lied von Bernadette«, diesem Riesenerfolg, das Buch, das er nur geschrieben hat, weil er ein Gelübde abgelegt hat, falls er die Flucht überlebe. Zu sehr auf das göttliche Wunder sich verlassend, mit deutlichen Abstrichen an der intellektuellen Redlichkeit, wie Thomas Mann findet. Aber Mann ist auch grundsätzlich enerviert von der ständigen Diskussion darüber. Eine Zeitlang wurde jedes Gespräch darauf fokussiert, man bildete Round Tables auf den Partys und dann wurde das Thema stundenlang malträtiert. Jetzt, im Gespräch mit Döblin, nach den ganzen Reden und Darbietungen, gibt Thomas Mann Döblin dennoch recht. Es ist nun auch sein Geburtstag, aber nicht nur deshalb. Eine Gesellschaft gänzlich ohne Religiosität, also gänzlich ohne etwas, das über das bloß Faktische hinausweist, ist doch gar nicht denkbar. Man sieht es ja an den Nazis, das ist ein Teil ihrer Ideologie, Teil ihrer Anziehungskraft, alle vermeintlich verlogenen Versprechen der Moral zu bestreiten. Aber das schaffen sie auch nur, indem sie einen neuen widerwärtigen Kult installieren, eine Anbetung des Führers, der Stärke, der Nation. Nein, nein, natürlich, wir brauchen das Religiöse, das Absolute, Thomas Mann hat es als Protestant schwerer als die Katholiken oder Juden, die das in sichtbarer, ritueller, feierlicher Praxis zelebrieren. Zumindest sagt das Mann im Gespräch mit Döblin, um zu rechtfertigen, dass er jetzt nicht vorbehaltlos mit einstimmt in Döblins Feier des Absoluten.

Das hat auch damit zu tun, dass Thomas Mann dezidierte Vorstellungen davon hat, wo der Platz des religiösen Gefühls zu sein habe: Alle Energie, die aus dem Glauben an ein Absolutes entsteht, soll für dieses seltsame, zerbrechliche Gesellschaftsgefüge namens Demokratie verwandt werden.

Eines der Dinge, die Thomas Mann neugierig auf Amerika gemacht haben, die dazu beigetragen haben, dass ein Leben in diesem Land überhaupt in den Bereich des Möglichen geriet, war der Dichter Walt Whitman mit seinen Gesängen vom freien Menschen in der schönen Gemeinschaft mit den anderen Freien. Das braucht es: Das normale, durchschnittliche Leben, das demokratische Gesellschaftsprinzip muss ins Trunken-Gesanghafte emporgerissen werden, da ist der Ort für die Feier des Absoluten, in der Idee der Menschenwürde, des Wertes der Einzelseele.

Das könnte für Thomas Mann die Zukunft sein, das ist seine Idee eines erneuerten Humanismus, eines nüchternen Humanismus, der von den Abgründen des Menschlichen weiß und sich deswegen nicht mehr naiv auf irgendwelche vermeintlich ewigen Werte und das Gute im Menschen beruft. Es bleibt das Pathos der Sympathie für die Ehre des einzelnen Menschen, das Schöpfertum der handelnden Liebe. Sie dürfen sich gerne der klaren, harten Vernunft andienen, die diese aber auch bitterlich nötig hat. So lässt sich die bessere, glücklichere Welt bauen.

Jetzt ist es ein wenig mit ihm durchgegangen. Gut, dass es nicht sein Geburtstag ist, dass nicht er da oben saß. Brecht wären Augen und Ohren übergegangen.

1943

Psychologische Kriegsführung

Geburtstagsfeiern, Würdigungen verdienter Kollegen und Kolleginnen müssen sein, auch wenn sie für Thomas Mann, der mitten in der Arbeit an seinem neuen Roman ist, Störung bedeuten. Größere Störungen sind ohnehin die Vorträge, die er für die Library of Congress zu verfassen hat und mit denen er durch die USA tourt. Und jetzt hat ihm Agnes E. Meyer, die an der Übersetzung von Manns zweitem Vortrag für die Washingtoner Library sitzt, einen alarmierten Brief geschrieben. Einige Stellen will sie gar nicht anfassen, so schlimm findet sie sie. Sie ist fassungslos angesichts Manns Lob des Kommunismus. Als Anhängerin der Republikaner hat sie schon genug daran zu laborieren, dass Mann den Demokraten Roosevelt so sehr verehrt. Aber zumindest die Grundlagen bürgerlicher Sittlichkeit darf sie doch bei Mann voraussetzen, deren Inszenierung in seinen Werken sind doch ein wesentlicher Bestandteil ihrer großen Bewunderung für Mann, da verbietet sich doch jegliches Schielen auf den Kommunismus. Und dann diese unklare Haltung den Deutschen gegenüber. Wenn Mann zu den Amerikanern spricht, ist es dann nicht seine ureigenste Aufgabe, ihnen klarzumachen, warum es sich lohnt, für die Befreiung der Deutschen und gegen die Nazis zu kämpfen? Dieses Raunen darüber, dass den Deutschen ihr Bestes zum Bösen ausgeschlagen ist, was sollen die Amerikaner denn damit anfangen? Als lebendes Beispiel für die Großartigkeit der deutschen Kultur sollte Thomas Mann doch lieber weitere Beispiele präsentieren. »Es ist eine undankbare Aufgabe, ehrlich und offen einem Genie gegenüber zu sein«, weiß Agnes E. Meyer, aber das hält sie nicht davon ab, dem Genie die schlimmstmögliche Kritik entgegenzurufen: Müde sei er, nicht auf der Höhe seiner gedanklichen Kraft. Sie kleidet das in fürsorgliches Lob: Das sei bestimmt der zehrenden Arbeit an dem bestimmt genialen Roman geschuldet. Dennoch muss Mann lesen: müde. Nicht auf der Höhe seiner gedanklichen Kraft.

So etwas hört Mann nicht alle Tage, so etwas ist er nicht gewohnt. Aber er weiß, dass er das nicht einfach abtun kann. Also hat er seinen Freund Bruno Frank einbestellt, um diese Anwürfe auf ihre Triftigkeit hin zu überprüfen. An Frank hatte er den Vortrag schon einmal ausprobiert, da hatte der nichts zu beanstanden, auch jetzt findet Frank nichts daran radikal oder deutschfeindlich. Dass es dem Faschismus geholfen hat, dass er sich als Bollwerk gegen den Kommunismus verstehen ließ, ist doch historischer Fakt. Und dass der Westen dieses Bollwerk gerne ausgenutzt hat, formuliert Mann doch nicht mit Schaum vor dem Mund, er will doch nur alle möglichen Hindernisse für einen klaren und damit stark geführten Kampf gegen den Faschismus beiseite räumen. Und dass sich etwas ändern muss in der gesellschaftlichen Verfasstheit: Blind müsste der sein, der das angesichts der faschistischen Machtübernahme leugnen würde. Der Machtkomplex von Junkertum, Militarismus und Industrie würde alles in seiner enormen Gewalt Stehende tun, das totalitäre System aufrechtzuerhalten, das ihm nutzt. Es braucht als wirksamste Waffe gegen den Faschismus eine neuere, freiere, gerechtere Welt: eine soziale Demokratie. Alle Menschen haben gleiches Anrecht auf die Güter der Erde, alle das gleiche Recht auf und Pflicht zur Arbeit. Das Gegenteil von Diktatur, auch der des Proletariats.

Und das mit dem Deutschtum, dass die Deutschen für die Politik nicht talentiert seien: Das findet Frank eher amüsant; wie sehr hier Mann seinen eigenen Kampf als Faktum präsentiert. Natürlich, ideal wäre es, wenn jeder Zuhörer, jeder Leser die »Betrachtungen eines Unpolitischen« gelesen hätte. Frank kann nicht wirklich einschätzen, wie die Passagen über das Deutschtum wirken, wenn das nicht der Fall ist. Aber Freundschaftspflicht gebietet, Mann die Sorge zu nehmen. Ganz persönlich ist es für Frank ein Stück weit bedauerlich, dass Mann das Unvernünftige derart pauschal auf die Seite der Barbarei und der Nazis schlägt. Ja, er hat bei Thomas Mann von Beginn an bewundert, wie die dunklen Kräfte zur Form bezwungen werden. Aber das bedeutet ja gerade nicht, dass sie abgeschafft werden. Für ihn ist das Faszinierendste an seinem Freund Thomas Mann, zu beobachten, wie ihn das Dunkle immer wieder umtreibt. Immer wieder kommt plötzlich der Dämon hervor, man sieht es an den Augen, und dann ist der ganze Mensch kurz abwesend, ist in einer anderen, unheimlichen Sphäre. Aber ist das dann gleich Faschismus? Muss denn immer gleich die ganze Existenz betroffen sein? Kann man denn nicht als Künstler zeitweise Bewohner der dunklen Seite sein und zugleich als Mitbürger ein guter Demokrat?

Bruno Frank bestärkt Mann sehr gerne bei allen Wortmeldungen und Initiativen zur Stärkung der Vernunft. Er und seine Frau Liesl sind seit Beginn der Nazi-Herrschaft unermüdliche Helfer aller möglichen zivilgesellschaftlichen Unternehmungen. Und natürlich, Frank kann es als Kompliment verstehen, wenn Mann ihn umstandslos zur Fraktion der hellen Sphäre rechnet. Für die ganze Familie Mann ist der breite, kahlköpfige Mann mit den leuchtend blauen Augen unter den buschigen Brauen ein Anker der Freundlichkeit, zur Person gewordenes Heimatgefühl. Aber dass Mann in seiner Kunst, in seinen Romanen so gar nicht das Dämonische sehen will, diese Enttäuschung kann er nur schwer verhehlen. Mann erweist Frank den Freundschaftsdienst eines Vorworts zu dessen Roman über Cervantes. Aber ach, es handelt so gar nicht von dem Dunklen, das doch eigentlich das Entscheidende für diesen Roman, für Franks ganze Schriftstellerexistenz ist. Natürlich ändert Mann das Vorwort, als Frank ihm das gesteht. Aber es hilft ja nichts, es ist ja doch in der Welt: dass die schöne Melodie einer lebenslangen Freundschaft mit dem Basso continuo eines Missverstehens grundiert ist.

*

Thomas Mann hat noch eine weitere, ungleich öffentlichere Gelegenheit, zumindest Teile des Vortrags auszuprobieren. Am 1. Oktober 1943 beginnt zehn Autominuten von Pacific Palisades, in Westwood, am Pädagogischen Institut der staatlichen Universität von Kalifornien ein Schriftstellerkongress. Möglichkeiten der psychologischen Kriegsführung durch die Kultur sollen eruiert werden, es gibt Seminare zu Film und Radio, Diskussionsgruppen zu »Humor im Krieg«, »Musik im Krieg« etc. Thomas Mann ist schon seit einer ganzen Weile Protagonist einer solchen psychologischen Kriegsführung: 1940 war die BBC an ihn herangetreten mit der schwer abzuschlagenden Bitte, regelmäßig eine kurze Ansprache an die Deutschen zu verfassen. Die ersten Reden wurden in London von einem Sprecher verlesen. Später hat Mann die Reden in Los Angeles selbst aufgenommen, wo sie zu Schallplatten gepresst und nach New York geschickt wurden, um von dort nach London übertragen zu werden. Ein umständlicher Weg, aber so konnte Mann mit eigener Stimme zu seinen Landsleuten sprechen und versuchen, sie gegen das Hitler-Regime zu mobilisieren. Thomas Mann ist wahrlich nicht der Einzige, der ins Deutsche Reich sendet, um die Deutschen aufzurütteln, um ihnen ins Gewissen zu reden, um ihnen aufzuzeigen, welcher Propaganda sie ausgesetzt sind, um sie zum Widerstand zu ermutigen. Dorothy Thompson simuliert mit ihren Reden unter dem Titel »Listen, Hans« ein Gespräch mit einer fiktiven Person namens Hans und kann, indem sie auf bereits früher Besprochenes oder Erlebtes verweist, auf geschickte unaufgeregte Weise die Lügen der deutschen Führung entlarven. Der Geschichtsphilosoph Paul Tillich engt die Zielgruppe seiner über die »Stimme Amerikas« gesendeten Reden stark ein, da sie meist theologische Fragen als Kern haben. Erika Mann hat schon im August 1940 begonnen, von London aus über die BBC nach Deutschland zu senden, und hat Thomas Manns Radioeinsatz mit vorbereitet. Golo Mann meldet sich 1943 zum US-Militär und wird im darauffolgenden Jahr von London aus über einen amerikanischen Sender zu seinen Landsleuten sprechen. Dass es einen eigenen Kongress zu diesem Thema gibt, ist nicht verwunderlich, denn es ist ein schwieriges, widerspruchsvolles Unterfangen. Klagt man das Regime zu sehr an, fällt es leicht, es als bloße Propaganda abzutun. Und welche Perspektive kann man den vermeintlich guten widerstandswilligen Deutschen aufzeigen, wenn die bedingungslose Kapitulation Kriegsziel ist? Am geschicktesten sind deswegen möglicherweise die Sendungen des Journalisten und Kriegsberichterstatters Curt Riess: Er sendet Klatsch über die militärische Führungsriege der Deutschen, den man Kriegsgefangenen der Marine abgerungen hat. Die Inhalte sind politisch eigentlich unbedeutend, haben aber das Potenzial, erhebliche Verwirrung auszulösen. Denn weil der Absender die offenbar intimen Details kennt, vermuten die Deutschen, dass hinter der Stimme von »Kapitän Albrecht« eine hochrangige Person der deutschen Marine steckt. Und die gleichsam nebenbei eingestreuten Informationen zur Kriegslage erhalten dadurch eine höhere Glaubwürdigkeit.

Die Konferenz zur psychologischen Kriegsführung in Westwood war eigentlich einige Tage früher terminiert, aber der demokratische Senator Jack B. Tenney, der auch Vorsitzender des kalifornischen Untersuchungsausschusses für unamerikanische Umtriebe ist, hat versucht, die Veranstaltung zu verhindern. Denn der Kriegsverlauf gibt zu allen Hoffnungen Anlass, die Nachkriegsordnung Europas ist längst im Fokus. Vor diesem Hintergrund rücken die Unterschiede im Entwurf dieser Ordnung zwischen Amerika und der Sowjetunion ins Blickfeld. Da halten nicht wenige eine Aufgeschlossenheit gegenüber sozialeren Gesellschaftskonzepten als den aktuellen für Feindschaft gegenüber Amerika. Ein Verdacht, in den Lion Feuchtwanger und Thomas Mann, die als Gäste geladen sind, nur allzu leicht geraten können. Beide sollen über die Lage des Schriftstellers im Exil sprechen. Feuchtwanger stellt darüber hinaus noch ein Referat im Seminar zur Feindpsychologie zur Diskussion. Beide Male zeigt sich deutlich die Kluft zwischen dem Schriftsteller und dem Redner. Kultur soll ihren Beitrag zur kriegerischen Auseinandersetzung leisten. Aber genau das ist es, worunter der Schriftsteller Thomas Mann leidet: dass, wie rhetorisch brillant seine Reden auch sein mögen, doch immer schmerzhaft viel an den Nuancen, an den Zwischentönen, an der Abgrundlust verloren geht, die den Schriftsteller ausmacht. Feuchtwanger spricht über das Exil: Da wäre es doch am besten, er würde einfach seinen gleichnamigen Roman zu Gehör bringen. Eindringlicher, dichter, anrührender lässt es sich für einen Schriftsteller eben nicht darstellen als auf die Weise, wie er es in seiner Kunst versucht hat. Aber es ist ja ein Kongress, es muss eine Rede sein, Feuchtwanger holt weit aus. Ovid, Dante, Heinrich Heine und Victor Hugo sind seine Gewährsmänner, Vorläufer gleichsam im Exil. Und im Gegensatz zu Thomas Mann, der von sich behaupten kann, seine deutsche Kultur auch im Exil bei sich aufbewahren zu können, will Feuchtwanger mit seinen Vorgängern zeigen, wie sehr das Exil die eigene Kultur verändert, wie sehr die äußere Landschaft Auswirkungen auf die innere hat. Neben dem Griff in den weltliterarischen Kanon vergisst er nicht, die kleinen Mühsale des Exils aufzuzeigen, aber es ist eher eine pflichtschuldige Benennung; Aufzählung ist schon zu viel gesagt. Er beschreibt, wie die fremde Sprache am Ausdrucksvermögen der eigenen knabbert, aber weil er positiv enden will, wendet er auch das zum Vorteil. Sich einer fremden Sprache auszusetzen, »schärft, feilt und poliert«, kurz: bereichert die eigene. Pathos statt Schärfe, Eindeutigkeit statt Ambivalenz – bitter, was der Schriftsteller gegenüber dem Redner verliert.

Was die eigene Situation betrifft, wird es Feuchtwanger wie Mann gelingen, sich die Exilexistenz zu einer erfolgreichen zu gestalten. Einen Monat nach dem Kongress wird er mit seiner Frau Martha in die Villa ziehen, die sich die Manns auch angesehen, die sie aber als zu renovierungsbedürftig verworfen haben. Als Mann dann das wiederhergestellte Anwesen sieht, staunt er nicht schlecht. Die als Musterhaus gebaute Anlage im spanischen Stil strahlt ihm als malerisches Schloss entgegen, herrlicher und mit prächtigerem Ausblick als sein »Seven Palms«. Und durch das nachgemacht Spanische ist es schon von außen ein bisschen heimeliger als sein schicker Modernismus. Das Arbeitszimmer im ersten Stock ist »die dienlichste, bestorganisierte literarische Werkstatt«, die Mann jemals untergekommen ist.

*

Beim Referat über die Feindpsychologie wird der Graben zwischen schriftstellerischer Arbeit und politischer Intervention sogar noch deutlicher als beim Thema Exil. Feuchtwanger nimmt im Gegensatz zu Manns schwankender Haltung in Bezug auf das Verhältnis der Deutschen zum Regime eine klare Haltung für das deutsche Volk ein, das von seinen Machthabern unterdrückt werde. Antisemitismus und nationale Raserei seien beim durchschnittlichen Deutschen nicht zu finden. Das ist ein starkes Stück. Denn da spricht ein ganz anderer Feuchtwanger als der Autor von Feuchtwangers Romanen. Dort zeichnet Feuchtwanger bezwingend facettenreich nach, wie die Ideologie der Nazis in die unterschiedlichen Milieus sickert, an welche Borniertheit, Vorurteile, lange gehegten und eingeübten Brutalismen sie anschließen kann. Im Schlüsselroman »Erfolg« zum Beispiel wird der Aufstieg Hitlers und seiner Bande durch das präzise Porträt von München und Bayern plausibel gemacht. Natürlich, das ist dann möglicherweise nicht genuin deutsch, sondern genuin bayerisch, und man könnte sich Romanentwürfe vorstellen, wo das in jedem anderen Milieu durchgespielt wird. Nicht deutsch, sondern menschlich. Aber nicht, weil der Mensch sich so leicht verführen lässt. Sondern weil er so dankbar die Bestie in sich von der Kette lässt.

In »Erfolg« gibt es übrigens auch einen Schriftsteller, dessen Werk dem von Thomas Mann stark ähnelt, und einen Schreiber, Bänkelsänger und politischen Aktivisten, der in der Art, wie er auf dieses Werk schimpft, stark an Bertolt Brecht erinnert. Feuchtwanger, der Brecht früh unterstützt und ermutigt hat, teilt in seinen politischen Äußerungen Brechts Gedankenfigur vom guten, unterdrückten Deutschen.

1943
Beim geheimen Rat

Die Vorträge, mit denen Mann durch die USA tourt, sind willkommene Einnahmequelle und pflichtbewusst ausgeübtes gesellschaftspolitisches Engagement. Aber sie rauben seiner eigentlichen Arbeit, der Arbeit am neuen Roman, desaströs viel Zeit. Bevor er mit dem im ersten Entwurf so harsch kritisierten Vortrag aufbricht, will er noch ein entscheidendes Stück weiterkommen. Vor ein paar Tagen hatte er Adorno eingeladen und die Seiten vorgelesen, wo Leverkühns späterer musikalischer Erzieher Wendell Kretzschmar Vorträge im kleinen provinziellen Kaisersaschern hält. Und jetzt sind die Manns bei Adornos, zur Gegeneinladung sozusagen, damit sich Thomas Mann Vorschläge, Einwände, Verbesserungen des so erstaunlich versierten Musikspezialisten einholen kann. Adorno ist durch den väterlichen Weinhandel wohlhabend, aber nicht so vermögend wie Thomas Mann oder Max Horkheimer. Deswegen kann er sich kein Haus in ähnlicher Größe wie die beiden kaufen oder bauen, sondern mietet sich mit seiner Frau Gretel in einer zweistöckigen Doppelhaushälfte in Brentwood ein. Thomas Mann ist behaglichere Raumgrößen gewöhnt; wenn er zu Gast bei Agnes E. Meyer ist, kann er sich zwischen den verschiedenen Häusern der jeweiligen Anwesen verlaufen. Aber nun gut, es ist ein Arbeitstreffen. Zuerst gibt es Essen, man verständigt sich über gemeinsame Lektüren, Schriftsteller, Theoretiker. Das ist die Art von Small Talk, die Mann eher schwerfällt. Immer werden dieselben Dinge verhandelt, werden sich dieselben Personen vorgenommen, werden bloße Meinungen ausgetauscht, die sich bis zum nächsten Treffen nicht wesentlich verändert haben werden. Aber bei Adorno ist das anders. Adorno geizt nicht mit Pointen. Rudolf Borchardt als Hofpoet der deutschen Großindustrie. Oder: der Weltgeist der Geschichte, der mit Proust und Hofmannsthal zweimal dasselbe Experiment unternimmt, um zu sehen, ob Snobismus große Literatur hervorbringen kann. Bei einem der beiden gelingt es. Interessant, wie Adorno seine Pointen serviert: Er spitzt nicht zu, er spricht nicht eindringlich, sondern in hypnotisierend gleichförmigen, weit gefassten Bögen. Er versucht den anderen nicht zu überzeugen, er bringt lediglich seine Überzeugung zur Aufführung, er musiziert sie gleichsam. Er fixiert sein Gegenüber nicht, er blickt nach innen. So wie Musiker, wenn sie nicht mehr auf die auswendig gewussten Noten gucken müssen. »Dies naiv große Geschau«, schrieb Mann über Goethe in »Lotte in Weimar«.

Adorno kann mit seinen Sprechschleifen die Leute in die Ermüdungsparalyse treiben, Mann kann im Gespräch befremdlich langweilig sein, weil er die Grundregeln des Konversierens nicht zuverlässig abrufen kann und nichts zu sagen weiß. Von den Temperamenten her ist die Diskussionskonstellation also durchaus günstig.

In allen anderen Belangen eher nicht so. Wenn Mann und Adorno aufeinandertreffen, dann steht der Hohepriester der bürgerlichen Kultur dem gegenüber, der sie als ideologisch entzaubern will. Für den einen ist der Mythos ein heiteres Spiel, ein Trost, dass der Mensch eingebettet ist in Zusammenhänge, die älter sind als er selbst. Für den anderen ist das Immergleiche des Mythos ein Symptom dafür, dass der Mensch es immer noch nicht geschafft hat, seine Welt menschenwürdig zu gestalten. Der eine sucht den Mythos im Heute auf, der andere will ihn zerstören. Der eine lässt seine Figuren in den Spuren des Immer schon Dagewesenen gehen, der andere möchte eine Welt, die es den Menschen ermöglicht, jemand anderes sein können, als man ist.

Aber die beiden müssen ja nicht einfach so miteinander reden. Thomas Mann hat einen Arbeitsauftrag. Aber weil ästhetische und dann sogar noch musikalische Fragen für Adorno Fragen nach Zustand und Möglichkeit der Gesellschaft sind, ist es für ihn eher Auftrag als Arbeit.

Für Mann dagegen geht es um die musikalische Erziehung Leverkühns, um Kretzschmars Vorträge über Beethoven. Beethoven als Gipfelleistung abendländischer Musik, als Jubelgesang dessen, was Humanität erreichen kann. Beethoven: der Gegensatz zur Rückwärtsgewandtheit zum Beispiel eines Rudolf Borchardt. Gegen die Zerrissenheit der Moderne versuchen Leute wie Borchardt Ursprünglichkeit zu behaupten. Sie sind immer bei sich zu Hause. Während bei Beethoven alles davon tönt und singt, wo der Mensch noch hinkönnte, wenn er wirklich Mensch sein will. Freude schöner Götterfunken.

Thomas Mann kann nicht wissen, wie gut das passt, denn Adorno schreibt die ganze Zeit an einem groß angelegten Beethoven-Buch. Thomas Mann kann nicht wissen, wie schlecht das passt, denn in diesem Buch arbeitet Adorno daran, das genaue Gegenteil zu zeigen.

Damit war zu rechnen. Jeder Satz des Schwindlers strahle den Schein von humaner Versöhnung kitschig an, hat Adorno einmal in einem privaten Brief geschrieben, mit dem Schwindler war Thomas Mann gemeint. Nur konsequent in Adornos Augen, wenn Mann den Kitsch Beethovens verehrt. Für Adorno sind Beethovens große Gesten keine Feier der Freiheit, sondern Triumphgeheul bürgerlicher Eitelkeit: kraftmeierisch, aufgeplustert, launisch, ungestüm wie Rübezahl aus dem Märchen. Die Umarmungsgesten sind Begleitmusik für die Siege des Bürgertums, die wie alle Siege, die nur eine bestimmte Schicht betreffen, die anderen ausschließen: Und wer's nie gekonnt, der stehle weinend sich aus diesem Bund!

Wenn Adorno an diesem Moment innehalten würde, um zu überprüfen, ob sich bei seinem Gesprächspartner Widerstand regt, wäre er möglichweise überrascht, dass Mann nichts davon zeigt. Denn Mann ist nicht zum Diskutieren hier, für ihn ist das kein Sakrileg, für ihn ist das Material für seinen Roman, hocherwünscht, hochnotwendig.

Aber Adorno hält nicht inne, denn er ist noch lange nicht am Ende seines gedanklichen Zusammenhangs. Adorno ist Dialektiker, also treibt er auch das Gegenteil noch weiter zu dessen Gegenteil. Auch für Adorno ist Beethovens Musik Inbegriff der Humanität, aber einer Humanität, die sich nicht in den Kraftgesten vollzieht. Sondern einer wirklichen Humanität, die gerade dann entsteht, wenn die Kraftmeierei aufgegeben wird. Humanität ist nicht das Jubelgetöse einer vermeintlichen Freiheit. Sie ist das Aufatmen, wenn die Stille herrscht, weil man endlich ins Freie gelangt ist.

Adorno geht ans Klavier, diesen Vorgang kann er vorspielen, er spielt das Ende von Beethovens letzter Klaviersonate, er spielt das kleine Motiv, das nur aus zwei Noten besteht, d und g, das g wird zweimal gespielt, sodass man es etwa als »Him (D) – mels (G) – blau (G)« singen könnte. Oder »Wie-sen-grund«. Und dann spielt er den Moment »bleicher Erhabenheit«, wo das »arme Motiv einsam und verlassen über einem schwindelnd klaffenden Abgrund zu schweben scheint«. Das Motiv erschrickt, angesichts dieses Abgrundes, es erschrickt darüber, »daß so etwas geschehen konnte«. Adorno blickt nach innen, er erinnert sich daran, wie er zum ersten Mal den zweiten Satz von Ernst Kreneks zweiter Symphonie gehört hat, wo genau das passiert, wo ein immer lauter werdender, ein immer extremer werdender archaisch brutaler Lärm auf den Zuhörer einprasselt. Und wo der Zuhörer Adorno lernt, diesem Chaos standzuhalten, weil er hier überhaupt erst mal das Chaos, zu dem der Mensch die Welt gemacht hat, sinnlich fühlen kann, um sich ihm dann entgegenzustellen. Weil er aufatmen kann, wenn er das Chaos überlebt hat. Was wahrscheinlich ist, wenn er dieses Chaos »nur« in seiner ästhetischen Manifestation im Konzertsaal erlebt. Der Einzelne gegen die fremd gewordene Welt: Minimalplot der Geschichtsphilosophie.

Adorno kommt wieder ins Hier und Jetzt, er dreht sich zu seinem Gast. Er ist es gewohnt, dass seine Ausdauer im Entwickeln von gedanklichen Vorgängen größer ist als die seiner Zuhörer im Zuhören. Aber Thomas Mann ist hochkonzentriert, ein bisschen angestrengt vielleicht, weil es nicht leicht ist, all das von Adorno Extemporierte so aufzuschreiben, dass er es anschließend noch weiterverwerten kann. Aber er ist bereit, ja gespannt darauf, was nach dem Abgrund, nach dem Erschrecken passiert.

Adorno dreht sich wieder zu den Tasten, jetzt kann er endlich das Aufatmen spielen, das Ins-Freie-Kommen. Denn erst mit dem Erschrecken über den Abgrund, mit dem Standhalten angesichts der Katastrophe entsteht die Humanität, die Mann Beethoven so bildungsbürgerlich naiv gleich von Anfang an zugeschrieben hat. Erst mit dem überwundenen Schrecken kann das kleine Motiv sich verändern, es kommen mit C und Cis zwei Töne hinzu, sodass man singen könnte »Grü-ner Wie-sen-grund« statt nur »Wiesengrund« mit der Betonung auf »ner«. Adorno spielt die Tonfolge noch einmal. Adorno ist Enthusiast des Unscheinbaren. Er kann mühelos abstrakte philosophische Riesensysteme in seinem Kopf bewegen. Aber relevant wird es für ihn erst, wenn er sich haltlos in scheinbare Kleinigkeiten versenkt. Zwei zu einem Motiv hinzukommende Noten: Das ist für ihn ein tröstendes Streichen übers Haar. Über die Wange. Das ist ein stiller, tiefer Blick ins Auge zum letzten Mal. Adorno versenkt sich in Kleinigkeiten und vergrößert sie zum Welttheater. Das Cis nach dem anlautenden C ist die Humanität, die deswegen Humanität ist, weil sie dem Schrecken entkommen ist.

1943

Der König der Emigranten hat Pflichten

Thomas Mann ist hochzufrieden. Erneuerte Humanität statt der alten naiven, damit kann er etwas anfangen. Humanität, die den Abgrund gesehen hat, zivilisierte Dämonie. Er beginnt sofort mit der Umarbeitung, er hat nicht viel Zeit, der Vortrag droht und auch sonst zerren alle an ihm. Das ist eine gute Nachricht, denn es bedeutet, dass das Nachdenken über die Zeit nach dem Sieg der Alliierten über Hitler zunimmt. Dieses Nachdenken besteht aus strategischen Ränkespielen der Großmächte, und es bedeutet, dass alle den Untergang Hitlers nur noch für eine Frage der Zeit halten. Die schlechte Nachricht ist, dass alle an ihm zerren. Er ist der König der Emigranten, bei allen Planspielen über beratende Gremien oder gar Schattenregierungen für ein Deutschland nach dem Krieg kommt man an ihm nicht vorbei. Karl Frank, der unter dem Pseudonym »Paul Hagen« die sozialistische Untergrundbewegung »Neu Beginnen« organisiert, und der Religionsphilosoph Paul Tillich, den Mann gut zu den Details eines Theologiestudiums für Leverkühn befragen konnte, planen, ein Free Germany Committee zu gründen, auch als amerikanisches Gegengewicht zu einer vergleichbaren Gründung in der Sowjetunion. Da ist es unabdingbar, Thomas Mann dabeizuhaben, besser noch wäre, wenn er den Vorsitz übernähme. Brecht ist mit dabei, zähneknirschend ist er damit einverstanden, Mann für den Vorsitz anzufragen, was will man machen, strategisch gesehen ist der Name Thomas Mann einfach zu wichtig. Mann stimmt einem vorbereitenden Treffen zu, er muss ohnehin nach New York, Boston und Washington, eine Tournee mit der Rede, mit einem Zwischenstopp in Kanada. Auch Erika ist in New York, sie ist vehement gegen die Teilnahme an welchem Komitee auch immer, solange es darauf baut, mit vermeintlich widerständigen Deutschen einen Neuaufbau der deutschen Gesellschaft organisieren zu können. Dann stirbt Max Reinhardt, der große europäische Theaterzauberer, der an seine anfänglichen Erfolge in Amerika nicht mehr so recht hatte anknüpfen können. Und auf Klaus Mann wie Napoleon in seinem Exil gewirkt hatte. Thomas Mann ist froh, dass er eine Erkältung vorschützen kann, um nicht auf die Trauerfeier zu müssen, denn dort, wo alle Emigranten sich versammeln werden, könnte er der Frage nicht entgehen, in welchem Ausmaß, in welcher Rolle er an potenziellen Komitees teilzunehmen gedenkt. An Weiterschreiben am Roman ist in dieser Zeit nicht zu denken, aber er hat Adornos »Philosophie der neuen Musik« dabei, in freien Minuten denkt er sich da hinein. Wie kann es weitergehen mit Leverkühns musikalischem Weg? Wie hört sich eine Musik an, die vom Teufel inspiriert ist?

*

Mann reist nach Washington, wo er bei Agnes E. Meyer im White-Meyer House am Crescent Place wohnt, intensive Stunden auch mit seiner tyrannischen Freundin verbringt, wieder liest er ihr aus dem gerade entstehenden Buch vor, diesmal also aus dem »Doktor Faustus«. Aber sie besprechen auch Thomas Manns mögliches Engagement, das Meyer und ihr Mann kritisch sehen.

Dann trifft er sich mit Adolf Augustus Berle, einem Staatssekretär des Außenministeriums, zum Lunch. Dieses Treffen könnte ein Meisterstück strategischer Gesprächsführung sein. Denn Berle hat den klaren Auftrag, Mann von jeglicher Teilnahme an irgendeinem Komitee für Deutschland abzuhalten. Gerade haben sich Amerika, England und die Sowjetunion auf die gemeinsame Linie einer bedingungslosen Kapitulation Deutschlands geeinigt. Da braucht man keine Schattenkabinette mehr, ja, die Russen könnten ein solches als Provokation verstehen, das will man vermeiden. Berle muss aber auch jeden Anschein vermeiden, dass es eine irgendwie von irgendeiner Instanz vorentschiedene Haltung gibt, er muss Mann also überzeugen und ihm dabei das Gefühl geben, dass es dessen ureigenste Entscheidung ist. Das könnte ein Meisterstück sein, wie Berle die Für und Wider innerhalb eines vermeintlich ganz neutralen Abwägens derart platziert, dass es für Thomas Mann völlig plausibel erscheint, absagen zu wollen. Das sei ein freies Land, und natürlich könne Thomas Mann sich an jeder Aktivität der deutschen Emigranten beteiligen, an der er sich beteiligen wolle. Sein Name sei der bedeutendste, klangvollste Name der Emigration, und da sei es ja völlig klar, dass man sich um ihn bemühe. Allerdings, andererseits, sei so ein bedeutender Name auch mit einer gewissen Verpflichtung behaftet, umsichtig müsste man sein, damit man so einen Namen nicht gleichsam vor der Zeit verschleiße. Momentan könne man beispielsweise noch gar nicht voraussehen, was nach Hitlers Sturz passiert und welche innerdeutschen Gruppierungen dann an die Macht kämen, und plötzlich wird man dann als Komitee von außen mit diesen Kräften und seinem guten Namen identifiziert. Aber: natürlich gänzlich seine Entscheidung, ob er sich in die unübersichtlichen Kräftefelder migrantischer Politik begebe. Oder ob er eine Gelegenheit abwarte, die sich vielleicht als eine günstigere herausstellen wird.

Es wäre ein Meisterstück – wenn Thomas Mann nicht ohnehin genau diese Entscheidung herbeisehnen würde.

Noch am selben Tag reist er zurück nach New York, wieder ins Bedford Hotel, wo sich die Gründungsgruppe des Free Germany Committee erneut zusammenfindet. Thomas Mann referiert ihnen die offizielle Haltung der amerikanischen Behörden, und weil sie so gänzlich mit seiner eigenen übereinstimmt, vermischt er das, was Berle ihm eröffnet hat, mit seinen eigenen Ansichten. Das Außenministerium sei strikt gegen die Gründung einer deutschen Interessenvertretung. Politisch und militärisch sei der Zeitpunkt für so ein Komitee kontraproduktiv. Denn die Verbrechen der Deutschen seien derart außerhalb jeglicher Vorstellungskraft, dass eine deutsche Institution auch im Ausland nur Wut und Empörung auslösen würde. Das deutsche Volk habe sich bisher nicht ausreichend vom Regime distanziert, wen also wolle man mit dem Komitee überhaupt erreichen? Die guten, widerständigen Deutschen im Kampf gegen ihre Unterdrücker? Die hätten sich doch in der Mehrzahl als Illusion erwiesen.

Die Anwesenden sind entsetzt, sind fassungslos. Sie haben sich von Thomas Mann die Strahlkraft seines Namens für ihr Unternehmen erhofft. Und jetzt fällt er ihnen in den Rücken? Das Entsetzen weicht Wut und Verbitterung. Wofür steht der Mann eigentlich, fragt sich einer der Teilnehmer, was hat er eigentlich im Sinn? Bei jeder sich bietenden Gelegenheit ergreift er das politische Wort und geriert sich als Hauptgegner der Nazis. Aber sobald es um mehr als nur Worte geht, kneift er. »Die Hände im dürren Schoß/Verlangt der Geflüchtete den Tod einer halben Million Menschen«, wird Brecht später in einem Gedicht schreiben. Der Titel des Gedichts: »Als der Nobelpreisträger Thomas Mann den Amerikanern und Engländern das Recht zusprach, das deutsche Volk für die Verbrechen des Hitlerregimes zehn Jahre lang zu züchtigen«. Tillich beschwört Mann, damit würde er Deutschland das Todesurteil sprechen.

Aber Thomas Mann glaubt, für die Herren nichts mehr tun zu können. Er ist froh, von New York wieder nach Pacific Palisades reisen zu können. Viel zu lange schon hat er nicht mehr an dem Roman gearbeitet. Aber bevor er endlich das schwierige Kapitel mit den Kretzschmar-Vorträgen beenden und mit dem Roman weiterkommen kann, gilt es, eine weitere Prüfung zu bestehen.

1944
Desirable Citizens

Thomas Mann sucht die Gesellschaft nicht. Einer der Gründe, warum er an die Westküste gezogen ist, denn da muss er sie nicht suchen, da findet sie ihn schon. Die Horkheimers einzuladen ist zudem unbedenklich, sie wohnen quasi um die Ecke und sind zu vertrauten Nachbarn geworden. Man schätzt sich. Man teilt den Habitus des Großbürgerlichen. Und jetzt, zu Beginn des Jahres 1944, hat man richtiggehend etwas zu erzählen, zumindest den ebenfalls eingeladenen Adornos. Ein bisschen aber auch sich selbst, um es zumindest verbal zu befeiern. Denn die Manns haben gestern mit der Bürgerprüfung den wichtigsten Teil der amerikanischen Einbürgerung vollzogen. Und Horkheimers waren ihre Zeugen. Das war ein gewichtiger, bedeutsamer, erhebender Moment. Aber für die existenziell abgesicherten Manns irgendwie auch ein Spaß. Thomas Mann ist mündlich kein großer Erzähler. Aber mit der Geschichte seiner Prüfung hat er eine wunderbar anzubringende Anekdote hinzugewonnen. Katia hat redlich gelernt für die Prüfung. Mann hat gerade mit dem Außenministerium über eine eventuelle zukünftige Rolle im bald besiegten Deutschland gesprochen, da wird man sich doch wohl auf seine staatsbürgerliche Intuition verlassen dürfen. Was auch funktionierte, aber nur zu Beginn. Staatsform, Verfassung und Regierungsressorts konnte Mann noch korrekt benennen, aber je kleiner die politische Einheit wurde, umso größere Probleme bekam er. Bei der Eigenmächtigkeit der Kommunen war er nicht nur ahnungslos, sondern auch erstaunt, dass eine derart niedrige Ebene über Gesetzesgewalt verfügt. Er hoffe doch sehr, dass diese Gesetze mit den Gesetzen des Landes in Einklang stehen, ermahnte er seine Verhörerin, die sich ein Schmunzeln darüber nicht verkneifen konnte.

Thomas Mann mag sich in seiner Entwicklung des politischen Denkens noch so sehr dem Sozialismus zugewandt haben, mag »linkse Dinge« in einem für ihn selbst überraschenden Ausmaß geäußert haben – aber wirkliches Vertrauen zu basisdemokratischen Prozessen, zum »einfachen Volk« vermochte er nicht zu entwickeln. Wie soll das bitte schön vor sich gehen, ohne den visionären, Verantwortung übernehmenden »großen« Anführer?

Der Literaturnobelpreisträger und der Universitätsprofessor und Institutsleiter ähneln sich im gesellschaftlichen Habitus. Und in der Vagheit ihrer politischen Visionen. Aber aus unterschiedlichen Gründen. Mann hat sich aus seiner nationalkonservativen Haltung herausgekämpft und stellt sich seitdem mit Bravour, Schweiß und Tränen der Propaganda für die Demokratie zur Verfügung. Weil das nicht mit politischer Erfahrung angefüllt ist, vermischen sich Anflüge von sozialistischen Träumen mit Manns konservativer mentaler Grundausstattung und verflüchtigen sich in Appelle an Menschlichkeit und Solidarität.

Der Fabrikantensohn Horkheimer war da früher ungleich radikaler. Solange noch ein einziger Mensch hungern müsse in Zeiten, in denen der Mangel nicht mehr an ungenügender Produktivität, sondern nurmehr an ungerechter Verteilung liege, ist die Gesellschaft noch nicht würdig, sich Gesellschaft zu nennen. Horkheimer malt drastische Bilder der Ungerechtigkeit gegenüber Mensch, Tier und Natur. Dass sich das nicht in derselben Drastik und Schärfe in seinen offiziellen Schriften wiederfindet, hat nicht nur damit zu tun, dass er sich als Direktor eines Institutes, das auch in die Universitätsstrukturen eingebunden war, mit offensiv marxistischem Vokabular zurückhalten wollte. Sondern weil für ihn die Schopenhauer-Lektüre immer einen Tick prägender war als die Marx-Lektüre. Das Leiden des einzelnen Individuums ist ihm zu skandalös und zu wesentlich, als dass es für klassenkämpferische Vorhaben benutzt werden könnte. Und wie Thomas Mann hat er alles Sensorium aus der Lektüre und nicht aus politischer Arbeit. 1940 hat er sich noch einmal dazu hinreißen lassen, in einem Essay zu benennen, was das gesellschaftliche Ziel sein könnte. Eine Organisation aus Räten, also Demokratie von der Basis, von noch kleineren Einheiten aus als die, deren Eigenmächtigkeit Thomas Mann bei seiner Bürgerprüfung so bestaunt hat.

Aber jetzt, 1944, lässt Horkheimer seiner Neigung zum Pessimismus freien Lauf. Die Chance auf eine emanzipierte Gesellschaftsform ist verpasst. Sie wäre genau in dem Moment möglich gewesen, in dem die Italiener und Deutschen die Weiche in die entgegengesetzte Richtung gestellt und sich in den Rachen des Faschismus geworfen haben.

Nach dem Essen geht es ins Arbeitszimmer. Thomas Mann setzt sich die Brille auf und blättert in seinen Manuskriptblättern zu den ersten Kapiteln von »Doktor Faustus«, dann setzt er sich in den Lesesessel, lehnt sich zurück, kreuzt die Beine und beginnt. Mann ist ein guter Vorleser, er bringt den Text zur Aufführung, aber das kann er nur, wenn der Rhythmus, wenn die Melodie schon im Text selbst ist. Es ist also die erste Probe, ob er den Text so gut vorlesen kann, wie er es kann. Und dann natürlich: wie es ankommt bei Familienmitgliedern und Vertrauten. Wie es wirkt.

Seine Zuhörer sind beeindruckt. Die Aufregung des armen Zeitblom ist deutlich spürbar, alles dräut nach Unheil, das alte Deutschland in Kaisersaschern, der Geburtsstadt von Leverkühn, die latente seelische Epidemie, wo man dauernd damit rechnen muss, dass ein Rest von Mittelalter um die Ecke biegt, ein Veitstanz, religiöse Fanatiker. Oder Bücherverbrennungen. Das Deutsche in seinem Drang nach Innerlichkeit, in seiner Unbegabtheit in politischen, strategischen Belangen wird auf die Bahn seiner Radikalisierung gesetzt.

Das gefällt Horkheimer, das gefällt ihm ganz außerordentlich. Aber gibt es da nicht einen Widerspruch zu Manns öffentlichen Äußerungen, die für Horkheimers Geschmack ohnehin zu deutschlandfreundlich sind, so als wären die Deutschen nur verführt, so als wäre mit ihnen doch noch ein Staat zu machen? Ist er in diesen Äußerungen nicht zu sehr Brecht: Der Kapitalismus zeige im Faschismus sein wahres Gesicht? Und zu wenig Thomas Mann: Das Deutsche zeige im Faschismus sein wahres Gesicht?

Adorno und Horkheimer schreiben gerade an der »Dialektik der Aufklärung«, dort ziehen sie aus Horkheimers Pessimismus die Konsequenz: Der Mensch zeige im Faschismus sein wahres Gesicht! Die Deutschen seien Dilettanten im Politischen, sagt Mann, deswegen schießen sie so maßlos über das Ziel hinaus, wenn sie einmal versuchen, Staat zu machen. Die Menschen sind Dilettanten im Menschsein, sagen Adorno und Horkheimer, denn der Mensch entsteht, indem er sich der Natur entgegensetzt und sie zu beherrschen versucht. Und diesen Zwang zur Herrschaft wird er nicht mehr los.

Adorno ist von allen dreien am wenigsten an der politischen Sphäre interessiert. Er ist einerseits von allen der größte Revolutionär: Die Welt, so, wie sie ist, muss zersprengt werden. Aber mithilfe der Gedankenfiguren seines Freundes und Lehrers Walter Benjamin arbeitet er am stärksten von allen daran, diese Sprengung ins rein Gedankliche und Ästhetische zu verflüchtigen. Deswegen freut er sich, als Thomas Mann wieder zum Roman zurückkommt und den musiktheoretischen Vortrag des stotternden Organisten Wendell Kretzschmar vorliest mit der neu hinzukommenden Note, die das Tröstlichste der Welt ist. Für Adorno ist das kein Abbruch der politischen Diskussion, sondern ihre direkte Fortsetzung. Denn genau dort findet für Adorno gesellschaftliche Emanzipation statt: in den minimalen musikalischen Vorgängen. Das beethovensche Motiv hat sich angesichts des Abgrunds erschreckt, hat ihm standgehalten und ist dadurch Trost geworden. Jetzt, wo sich Herrschaft über den ganzen Globus als Prinzip menschlichen Zusammenlebens ausgebreitet hat, ist der Moment gekommen, wo sie sich auflösen könnte, schreiben Adorno und Horkheimer am Ende des ersten Kapitels ihrer »Dialektik der Aufklärung«. Dann, wenn die Menschheit über sich selbst erschrickt. Adorno ist hocherfreut, als er hört, dass Thomas Mann das Wort »Wiesengrund«, seinen Vaternamen, als Singbeispiel in seinen Roman eingefügt hat.

Vier Amerikaner, die es noch nicht lange sind, und zwei, die es nach der rein formalen Prozedur des Einschwörens bald sein werden, treffen sich zum Abendessen und diskutieren über Politik auf eine Weise, die das Zeug gehabt hätte, die Vernehmerin und den Richter des Einbürgerungsamtes nachhaltig zu irritieren. Am Ende des »Verhörs« hatte sich herausgestellt, dass die Dame wohl wusste, wer da vor ihr saß: Sie zückte ein Exemplar der »Buddenbrooks« mit der Bitte, es zu signieren. Vielleicht hat die Prozedur nur deswegen so lange gedauert, damit sie möglichst fortgesetzt im Gespräch mit dem berühmten Mann sein konnte.

Horkheimer wurde als Zeuge gefragt, ob die Manns »desirable citizens« seien. »You bet«, war seine Antwort. Aber was das Verständnis von und die Treue zu den real existierenden demokratischen Prozessen der amerikanischen Gesellschaft anlangt, sollte der Wetteinsatz lieber nicht zu hoch sein.

1945
Der Bluthund ist tot

Thomas Mann hat ein ausgeprägtes Gefühl für die vermeintliche Stimmigkeit seines Lebens, deswegen ist für ihn die Landung der Alliierten in der Normandie nicht nur zufriedenstellend, weil damit der Untergang Hitlers in greifbare Nähe rückt, sondern auch, weil sie am Tag seines Geburtstages, am 6. Juni, stattfindet. Doch im Winter 1944 bäumt sich Nazi-Deutschland noch einmal auf. Mit der Ardennenoffensive versuchen die Deutschen den Antwerpener Hafen zu besetzen, um die westalliierten Armeen vom Nachschub abzuschneiden, und sind zunächst wider Erwarten erfolgreich. Thomas Mann ist erbost, für ihn ist es ein Fanal, ein Zeichen, dass der Kampf nicht mit der notwendigen Entschlossenheit geführt wird. Der Zweite Weltkrieg ist für Mann keine nur militärische Auseinandersetzung, es ist der Kampf der Ideen, es ist der Kampf gegen den Faschismus als Ideologie. Und da kommt bei diesen unnötigen militärischen Erfolgen Hitlers Manns Affekt gegen den falsch verstandenen Pazifismus wieder zur Geltung. Dieses Lavieren, dieses Bemühen um Ausgleich, mit dem man auf Hitler doch nur hereingefallen ist und der – bei allem guten Willen – doch Hitlers Größenwahn mitgenährt hat: ganz Europa zu überfallen.

Mann nutzt eine Kundgebung gegen das spanische Franco-Regime am 2. Januar 1945, um diesem Affekt vehementen Ausdruck zu verleihen. Weil die Kundgebung im New Yorker Madison Square Garden stattfindet, lässt sich Mann zuschalten. Über Mikrofon und Telefon spricht Mann von Pacific Palisades den Gästen der Kundgebung ins wehrhaft antifaschistische Gewissen. Er ist kaum zu verstehen, so gut ist die Verbindung von Küste zu Küste dann doch nicht, der deutsche Akzent kommt erschwerend hinzu. Gleichviel, der Nobelpreisträger, der bekannte Sprecher gegen den Faschismus leibhaftig, zumindest als Stimme im Stadion: Das ist Appell genug, da braucht es den Inhalt nicht unbedingt.

Thomas Mann hat auch gar keine Zeit, sich groß damit aufzuhalten, dazu hat er zu viele Verpflichtungen ähnlicher Art. Am nächsten Tag muss er ins Studio, denn er nimmt eine Rede an die »deutschen Hörer« auf. Wie bitter, dass es immer noch darum gehen muss, die Deutschen davon zu überzeugen, gegen ihr Regime anzugehen, einzusehen, dass es nichts mehr zu siegen gibt. Mann passt Ton und Strategie der Hörerschaft an, er wirbt um seine Zuhörer, aber dafür muss er in diesem Fall eine klare Trennung behaupten zwischen Volk und den »Machthalunken«. »Wir wollen von Schuld nicht reden«, ruft er den Deutschen zu.

Dann muss er seinen Vortrag über die Joseph-Romane für eine Zeitschrift redigieren und die Lesung seiner Erzählung »Das Gesetz« vorbereiten: Die Geschichte von der Mühsal, die es Moses bereitet, aus dem israelitischen Volk überhaupt erst ein Volk zu machen. Moses ist darin schöpferisch wie ein Künstler, er schafft aus dem rohen, ungestalten Menschenmaterial das Kunstwerk einer Glaubensgemeinschaft. Mann liest die Novelle im Jewish Club vor fünfhundert Menschen vor, als Eintritt haben sie Kriegsanleihen gekauft. Mann ist es gewohnt, gut anzukommen, aber als diese fünfhundert Menschen aufstehen, als er die Bühne betritt, als sie gebannt zuhören und ihm am Ende Standing Ovations geben, das berührt und amüsiert ihn dann doch.

Aber eigentlich hat er keine Zeit für so was, er schreibt an einem der wichtigsten Kapitel vom »Doktor Faustus«, an der Begegnung von Leverkühn mit dem Teufel, dem Teufelspakt sozusagen, wenn Leverkühn den Pakt nicht eigentlich schon vorher, mit der bewussten Syphilis-Ansteckung bei der Prostituierten, vollzogen hätte – eines der vielen Probleme des mit Problemen reich bestückten Kapitels.

Zu Hause in seinem Arbeitszimmer liest er nun Erika vor, was er bisher hat. Der Erzähler Zeitblom kann nicht überall dabei sein, schon wieder ein Problem, also fingiert Mann ein Dokument, eng beschriebene Notenseiten, auf denen Leverkühn seine Begegnung mit dem Teufel niedergeschrieben hat. Der Plan ist, den Teufel in drei Gestalten auftreten zu lassen, die erste ist der Zuhälter, der Leverkühn in das Bordell gelockt hat, in dem dieser der Prostituierten begegnete, bei der er sich später wissentlich ansteckt. Thomas Mann beginnt es vorzulesen. Der Anfang des Teufelsgesprächs verlangt dem geübten Vorleser einiges ab. Der Teufel ist redselig, der Disput windungsreich, die einzelnen Streitfragen nehmen sich gehörig Raum, und das auch noch in einem Deutsch, das das Deutsch von Luther und Grimmelshausen imitiert, es einholt, es sich anverwandelt. Nach Bezweifeln und Bekräftigung der leibhaftigen Existenz des Teufels, nach vielen Erklärungen dessen, was bisher bereits im Roman geschehen ist, nach medizinischen Details der Wirkung des Syphilis-Erregers im menschlichen Körper ist es geschafft. Champagner!

Erika ist fasziniert. Aber sie bleibt nüchtern. Der Kierkegaard muss weg. Der Kierkegaard? Am Anfang des Kapitels, bevor der Teufel kommt, liest Leverkühn in »Entweder – Oder« des dänischen Philosophen eine Stelle über Mozarts »Don Juan«. Das kann natürlich auf keinen Fall weg. Man braucht ja eine gewisse Einstimmung, der Teufel kann ja nun nicht einfach da sein. Und da ist die Stelle über Don Juan ideal, sie verknüpft Musik mit Sinnlichkeit, sie eröffnet den mentalen Raum für die Verhandlung über den Preis für den sinnlichen Rausch des Musikers Leverkühn. Aber Erika muss nicht lange dagegenhalten, Thomas Mann hat es selbst gemerkt. Es ist zu lang. Das Gespräch kann nur dann seine Wirkung entfalten, wenn es die Intensität über die Strecke hält. Da ist es nicht hilfreich, weitere ausgedehnte Exkurse einzufügen. Kierkegaard wird gestrichen. Leverkühn liest in der endgültigen Version noch das Buch, aber der Leser muss es nicht mehr mitlesen.

*

Und dann gilt es auch schon die nächste Rede an die Deutschen zu verfassen. Weil die Nachrichtenlage von der Front sich für die Alliierten gebessert hat, ändert sich der Ton erneut. Und weil es die Deutschen bis jetzt immer noch nicht geschafft haben, sich vom Regime zu befreien, beginnt Mann mit dem Projekt der Erinnerungskultur: »Ein gewaltiges Aufklärungswerk, das ihr nicht als Propaganda mißachten dürft, wird nötig sein, um euch zu Wissenden zu machen.« Er nennt Details aus den Todesfabriken, »die Menschenknochen, Kalkfässer, Chlorgasröhren und die Verbrennungsanlage, dazu Haufen von Kleidern und Schuhen, die man den Opfern ausgezogen, viele kleine Schuhe, Schuhe von Kindern, wenn du, deutscher Landsmann, du deutsche Frau, es hören magst.«

Und dann, Anfang Mai, ist es endlich vorbei, ist es zu Ende. Was für ein Triumph. »Der Tag ist unser, der Bluthund ist Tod«, verkündet die BBC. Diesem Tag hat auch Thomas Mann entgegengefiebert, hat ersehnt, dass ihm das zu erleben noch vergönnt sein möge. Und wie schmerzhaft, was eine Ungerechtigkeit der gerechtigkeitsblinden Geschichte, dass der so verehrte Roosevelt knapp vor Hitlers Untergang gestorben ist. Aber es hat dem Bluthund nichts mehr genutzt.

Doch was nun? Wie mit der Enthüllung des ganzen Ausmaßes der Menschenvernichtung umgehen, das jetzt mit der Befreiung der Konzentrationslager auch für die sichtbar wird, die es nicht für möglich gehalten haben? Der amerikanische General Patton beschließt nach einer Begehung des Konzentrationslagers Buchenwald, die Bevölkerung an den Verbrennungsöfen und Leichenbergen vorbeidefilieren zu lassen. Thomas Mann liest davon im Time Magazine, er beschreibt es in seinem Tagebuch und lässt davon später seinen armen Zeitblom am Ende des »Doktor Faustus« berichten. Und er benutzt diese Szene für den kurzen Text »Die Lager«, den er für die staatliche Propagandaagentur United States Office of War Information schreibt, die ihn unter dem Titel »Thomas Mann über die deutsche Schuld« über das Radio sendet.

Der Text lässt an Deutlichkeit nichts zu wünschen übrig: Da kann sich niemand rauswinden, wenn der Geruch von Menschenfleisch für jedermann wahrzunehmen war. Zu viele haben mitgemacht, haben sich von perverser Ideologie verführen lassen. Aber eben doch verführen lassen: In seiner Kürze und seiner Unmissverständlichkeit macht der Text am Ende dann doch wieder ein Angebot, reicht den Schuldbeladenen die Hand. »Meine Leser und Hörer in Deutschland! Ihr konntet euch von dieser Herrschaft aus eigener Kraft nicht befreien; es war wohl nicht möglich.« Das mag Thomas Mann einiges an Überwindung gekostet haben, dieses schwache, lapidare »wohl nicht möglich«. Aber nur so kann er auch im Angesicht des Holocaust noch pädagogisch und befriedend wirken. Wenn ihr es schon nicht selbst geschafft habt, obwohl ich euch unterstelle, dass ihr es wolltet, so seht wenigstens die, die es an eurer Stelle geschafft haben, nicht als Feinde, sondern als Komplizen im Aufbau eines neuen Deutschlands. Die Titelformulierung »über die deutsche Schuld« kam nicht von ihm.

Aber Thomas Mann hat ja noch seine Kunst. Im Roman darf er unpädagogisch sein, im Roman muss er seine Haltung den Deutschen gegenüber nicht zügeln. »Wie wird es sein«, fragt sich Zeitblom, »einem Volke anzugehören, dessen Geschichte dies gräßliche Mißlingen in sich trug, einem an sich selber irre gewordenen, seelisch abgebrannten Volk …, einem Volk, das mit sich selbst eingeschlossen wird leben müssen wie die Juden des Ghetto, weil ein ringsum furchtbar aufgelaufener Haß ihm nicht erlauben wird, aus seinen Grenzen hervorzukommen, – ein Volk, das sich nicht sehen lassen kann?«

Denn dieses Volk hat sich nicht von einer irgendwie barbarischen Horde überrumpeln lassen, es hat die Barbarei aus sich selbst heraus erzeugt. Es hat sehenden Auges einen Pakt mit dem Teufel geschlossen. Mann hat den Teufelspakt, die exakte Mitte seines Romans, in den letzten Wochen fertig geschrieben. Und heute will er ihn Franz Werfel vorlesen. Zu den Werfels nach Beverly Hills zu fahren, ist immer ein Ereignis, manchmal von eher bedrückender Intensität. Denn Werfel ringt beständig mit dem hochfahrenden Antisemitismus seiner Frau Alma, der berüchtigten Witwe von Gustav Mahler, der Exfrau von Walter Gropius und Exgeliebten von Oskar Kokoschka. Immer wieder lässt sich der so liebenswürdige Werfel zu Schreiarien hinreißen, manchmal nur, weil Alma nicht mehr so gut hört, aber zu eitel für ein Hörgerät ist, öfter, weil sie wieder eine derart judenfeindliche oder nazifreundliche Bemerkung hat fallen lassen, dass es ihm nicht mehr möglich ist, mit höflich eisernem Schweigen darüber hinwegzugehen. Ansonsten besucht Thomas Mann Werfel gerne, er erfreut sich an dessen hinreißendem Überschwang, an der produktiven Naivität: der Künstler als Glückskind, eine Mischung aus Opernsänger und Geistlicher, aber einer von der freundlichen, schnell vergebenden Sorte. Jetzt besucht Mann Werfel noch mal ein Stück lieber als ohnehin, denn vor Kurzem hat Werfel ihm einen enthusiastischen Brief über die Wiederlektüre der »Buddenbrooks« geschrieben. Vielleicht war in diesem Begeisterungsausbruch auch schon ein bisschen Erschöpfungssentimentalität beigemischt, denn Werfel hat zwei Herzinfarkte in kurzer Folge hinter sich. Trotzdem lässt man es sich gut gehen beim Treffen, man diniert bei Romanoff's am Rodeo Drive, es gibt

Champagner und Kaviar, und danach fährt man zu den Werfels auf die andere Seite des Santa Monica Boulevards. Werfel legt sich auf die Couch. Rauchen darf er nicht mehr, was ihm, der früher überall mehrere Zigarettenpäckchen verteilt hat, um nur ja nie Pause machen zu müssen, um nur ja keine Zeit zu verlieren mit der umständlichen Suche nach der nächsten Zigarette, schwerfällt. Er freut sich, wenn die anderen rauchen, dann hat er wenigstens noch den Geruch. Mann liest Anfang und Ende des Kapitels, in dem Adrian mit dem Teufel lange und langwierig diskutiert, in drei Gestalten erscheint ihm der Teufel: als Zuhälter, als Musikkritiker, der so spricht wie Adorno und so aussieht wie Gustav Mahler, und als Theologiedozent. Am Ende will Adrian wissen, was der Preis für den Pakt ist, wie die Hölle sich ausnehmen wird. Mann schreibt bei Beendigung des Teufelsgesprächs in sein Tagebuch: »Das Stärkste darin ist wohl die Beschreibung der Hölle« und dahinter in Klammern: »Gestapokeller«. Auch Werfel ist fasziniert, ja ergriffen, hält es für das Großartigste, was Mann geschrieben habe – und das, nachdem er kurz zuvor schon so enthusiastisch über die »Buddenbrooks« geschrieben hat. Eine Riesenallegorie auf das Deutschland, das jetzt in Trümmern liegt.

Aber an dieser Stelle geht es ja gar nicht um Deutschland. Natürlich, die Großartigkeit dieses Kapitels rührt auch daher, dass allein im Sprachlichen das Dämonische, das Altertümelnde im Deutschen aufgerufen wird. Trotzdem: Diese Gestapokeller sind die privaten des Komponisten Adrian Leverkühn, der sich dem Teufel verschreibt, um Werke von einer Größe und einer Totalität verfassen zu können, die die moderne Zeit und damit der Stand des musikalischen Materials eigentlich nicht mehr zulassen. Gut, dass Mann Werfel diese Stelle, den mittleren Abschnitt des Teufelsgesprächs, nicht vorgelesen hat. Denn sie hätte ihn zwar in ihrer Kunstfertigkeit beeindruckt. Und weil er nicht wissen kann, dass weite Teile direkt aus Adornos »Philosophie der neuen Musik« stammen, wäre es ein weiterer eindrucksvoller Beweis für Manns enzyklopädisches Wissen gewesen. Aber er hätte den Sinn dieser Teufelsverschreibung nicht so ganz verstanden. Das Künstlertum vom Schlage Franz Werfel hat keinen Teufelspakt nötig. Der Stand des literarischen Materials, die moderne Welt, lasse große, weit ausschwingende, erzählerisch gesättigte Romane nur mehr zu dem Preis verlogenen Kitsches zu? Da würde Werfel nur kurz irritiert auflachen und sich dann sogleich wieder seinem großen, weit ausschwingenden und erzählerisch hungrigen Romanwerk zuwenden.

1946

Ein schönes Gespräch (Das 14. Kapitel)

Was für eine Pracht, was für ein entzückendes Licht, was für eine prächtige Landschaft, eine paradiesische Landschaft, was ist das für ein Gemurmel, ist das sein Garten? Viele Menschen sind in seinem Garten. Ah, das lebendige Klima der Lebendigen! Verständig-heitere, schöne junge Menschheit, alle sind sie gut gelaunt, etwas aufgekratzt, junge Offiziere in gut geschnittenen Hosen und Hemden, herkulisch wohlgebaut, der eine zwinkert ihm zu. Erhitzte Wangen.

Es gibt Bowle, es gibt Sandwiches, da läuft eine Frau, die hat er schon einmal gesehen, aber wo, ist es eine Schauspielerin, sie zwinkert ihm zu. Dann wird frenetisch applaudiert, was ist geschehen, die Schauspielerin hat ein Tuch von einer Staffelei gezogen, da ist ein Bild, das ist ja er, das ist ja er selbst. Thomas Mann, gemalt vor leidenschaftlichem Landschaftshintergrund.

Thomas Mann schläft wieder ein. War das eine Erinnerung, ein Traumbild? Thomas Mann erholt sich im Frühjahr 1946 von einer Operation am Lungenflügel, er ist stolz darauf, wie gut er sie überstanden hat.

Er steht auf einem Podium. Alle schauen ihn an, das Publikum, Musiker sitzen um ihn herum, auf was warten sie, soll er etwas sagen? Nun gut, dann fängt er eben das Reden an, er redet über Deutschland, das kann er am besten, da kennt er sich aus. Woran liegt das, dass Deutschland so altertümlich wirkt, was ist an den Deutschen, dass selbst eine nüchterne moderne Hansestadt wie Lübeck immer noch so aussieht, als könnte gleich das Mittelalter losbrechen, als wäre der Marktplatz im nächsten Moment von Hexen und Teufeln und orgiastisch Verzückten bevölkert? Das Publikum, die Musiker sehen ihn an. Weil die Deutschen immer nur in sich selbst hineingeguckt haben, weil sie tief sein wollten. Weil sie musikalisch sind. Kein Blinzeln der Musiker. Weil die Musik dämonisches Gebiet ist. Christliche Kunst mit negativem Vorzeichen. Berechnetste Ordnung und chaosträchtige Wider-Vernunft zugleich. Die Musiker fangen an zu spielen, das wollen sie sich nicht gefallen lassen. Thomas Mann spricht weiter. Weil die Deutschen sich diesem dämonischen Gebiet haltlos hingegeben haben. Er ist kaum mehr zu verstehen. Ja, spielt, spielt diese bösartige Marschmusik, versinkt im Drommetentosen und Beckengeschmetter, solange es diese Musik gibt, wird der Faschismus nicht aufhören. Ihr denkt, Ihr seid frei? Ach, dieser vertrotzte Individualismus. Thomas Mann brüllt: »Warum muß immer der deutsche Freiheitsdrang auf innere Unfreiheit hinauslaufen? Warum mußte er endlich gar zum Attentat auf die Freiheit aller anderen, auf die Freiheit selbst werden?«

Er ist wieder eingeschlafen. Diese Aufregung, diese Erschöpfung. Müdigkeitsrückschlag.

Ein Gesicht schält sich aus dem Nebel, weiß geschminkt, wie ein Pierrot, es ist Erika Stiedry-Wagner, »Gelüste, schauerlich und süß«, flüstert sie ihm zu, nein, es ist Erika, seine Zweitlieblingstochter, sein Zweitlieblingskind, das kühne, herrliche Kind, sie singt das Lied von der »Kälte«, eine Allegorie auf das faschistische Deutschland mit ihrem Kabarett »Die Pfeffermühle«, »die Welt wird bald, Nur lauter Eis und Schnee«, nein, es ist Katia, seine Frau, die Vorsteherin der Thomas-Mann-Verfassung, seine Katia, als Kind, mit ihren Brüdern beim Karneval als Pierrots verkleidet. Das Gesicht verändert sich, wird älter, perlenblass mit dem schwarzen Haar drumherum, Katia ist gekommen, hochverehrt, hochverschnurrt, überlebensnotwendig, seine Bejahung, seine Vollendung, seine Erlöserin, ganz erschrocken ist er vor Freude. Sie werden eine gemeinsame Stunde feiern, einander ihre Gegenwart schenken, und dabei ein wenig plaudern. Sie werden ein Gespräch führen, ein schönes Gespräch, einfach so, keines, das sich um alltägliche Belange dreht und der Verständigung über praktische Fragen oder Ähnliches dient, nein, ein schönes Gespräch, eines, das keinen Zweck hat und kein Ziel, eher so eine Art gesungene Wechselrede, man tauscht sich aus über dies und das, über längst Bekanntes, Erinnerungen, Erbauliches, etwa wie:

»Weißt du davon?«

»Ich weiß es genau!«

Das war ein schönes Gespräch, das war ja wie Musik. Katia weiß, wie wichtig Ruhe für ihn ist. Wie wichtig es für ihn ist, nicht mit diesen schrecklich banalen, ärgerlichen, ratlos machenden Weltdingen behelligt zu werden. Sie hält ihm alles vom Leibe, sie hat es sogar geschafft, ihm zu verheimlichen, dass er lebensbedrohlich krank ist, dass man ihm einen Tumor aus der Lunge herausoperiert hat.

Mann möchte sich bedanken bei Katia, er möchte ihr etwas schenken, aber er weiß nicht, wie das geht und was er schenken könnte, und wie er das besorgen könnte, wenn er etwas wüsste. Er hat eine Idee: »Unfähig, eine Überraschung zu ersinnen, bringe ich mich selbst zum Opfer dar.« Na ja, nun gut. Einfallslos und übertrieben zugleich. Sie wird es hinnehmen, wie alles.

Müdigkeitsrückschlag.

Ein schönes Gespräch. Gedanken.

Unklares Zeug. Fade Witzeleien.

Jemand ermahnt ihn: Mäßige Abwechslung ist zulässig, aber keine Neuerungssucht.

Was er geträumt, ist im Verbleichen begriffen.

Ein Gesicht taucht auf, von früher, ganz früher.

Man kann die Liebe nicht stärker erleben!

Nicht ausgelebt. Aber erlebt, immerhin.

Was war so lang? Erstarrung war, Öde, Eis. Geist, jaja. Und Kunst, natürlich!

Hier: mein Herz! Hier meine Hand!

Ich liebe Dich! Mein Gott … Ich liebe Dich!

Es ist so schön, ein Mensch zu sein! So süß! So hold!

Augenliebe. Bild des Immerseins.

Ich habe dich gesehen! Kurz, aber ich habe dich gesehen!

1946
Das Ende

Die Realität ist schneller als Thomas Mann. Manches Mal hatte ihn die Furcht geplagt, er müsse noch einen weiteren Roman schreiben, bis die NS-Herrschaft vorüber ist. Aber am Ende ist deren Untergang erfolgt, bevor Manns Erzähler Serenus Zeitblom es mitschreibend miterlebt. Mann schreibt nun gleichsam der Realität hinterher, in der die Nürnberger Prozesse bereits kurz vor dem Abschluss stehen.

Der Hauptankläger der Briten zitiert in seinem Schlussplädoyer Goethe, er hat erstaunlich passende Zitate gefunden: Das Schicksal werde die Deutschen schlagen, weil sie sich selbst verrieten und nicht sein wollten, was sie sind: »Daß sie den Reiz der Wahrheit nicht kennen, ist zu beklagen, daß ihnen Dunst und Rauch und berserkerisches Unmaß so teuer ist, ist widerwärtig, – daß sie sich jedem verrückten Schurken gläubig hingeben, der ihr Niedrigstes aufruft, sie in ihren Lastern bestärkt und sie lehrt, Nationalität als Isolierung und Bosheit zu begreifen, ist miserabel.« Er will in seinem Plädoyer aber mit etwas Hoffnungsvollem enden, auch dazu passt ein Goethe-Zitat: »So sollten es die Deutschen halten;... Welt empfangend und Weltbeschenkend, die Herzen offen jeder fruchtbaren Bewunderung, groß durch Verstand und Liebe, durch Mittlertum und Geist – so sollten sie sein, das ist ihre Bestimmung.«

Das passt deswegen so gut, weil es nicht von Goethe ist. Beziehungsweise nicht von dem historischen Goethe. Sondern von dem Goethe, den Thomas Mann in seiner »Lotte in Weimar« imaginiert, erfunden, für die Gegenwart zum Sprechen gebracht hat. Thomas Mann ist etwas peinlich berührt von dieser Verwechslung. Aber auch nicht allzu sehr. Denn er kann sich dafür verbürgen, dass er seinen Goethe nichts sagen lässt, was dieser nicht zumindest hätte sagen können!

*

Der Roman treibt einem anderen, schaurigen Höhepunkt zu. Der Teufel verlangt seinen Tribut. Leverkühn dürfe niemanden lieben, das war Teil des Paktes. Zweimal hat Leverkühn dieses Verbot nicht durchgehalten. Sein Freund Rudi Schwertfeger, der Züge von Manns Jugendschwarm Paul Ehrenberg trägt, hat den Preis dafür bereits bezahlt; er wurde in der Münchener Straßenbahn von einer eifersüchtigen Romanfigur erschossen. Jetzt wird sich der Teufel Leverkühns zweite große Liebe holen.

Deswegen ist es nützlich, dass der San-Francisco-Teil der Familie auf Besuch ist, Sohn Michael mit seiner Schweizer Frau Gret und den beiden Enkelkindern Fridolin und Toni. Thomas Mann ist hingerissen von Frido, die schönen blauen Augen, die Art, wie er seinen Weg in die Sprache erspielt zwischen Deutsch, Schweizerdeutsch und Amerikanisch, er ist für Mann ein tägliches Entzücken, er ist seine letzte große Liebe. Mann nutzt ihn als Rohstoff für Nepomuk Schneidewein, der Neffe, von dem Leverkühn derart entzückt ist, dass er sterben muss. Er stirbt nicht einfach nur, sondern wird qualvoll, mit den schlimmsten Schmerzen einer genau beschriebenen Meningitis, aus dem Leben gemartert.

Für Frido ist Thomas Mann ein lustiger, spielerischer, einfallsreicher Großvater. Irritiert nimmt Thomas Mann zur Kenntnis, dass der Großvater mütterlicherseits ebenfalls nicht unbeliebt ist. Aber der könne den Enkelsohn halt nicht zu Literatur machen, schreibt er in einem Eifersuchtsaffekt ins Tagebuch. Das darf jeder für sich entscheiden, was ihm lieber wäre: ein normaler Großvater. Oder ein Großvater, der einem eine literarische Figur entwirft, die unter elenden Qualen stirbt.

*

Nach diesem Tod strebt im Roman alles dem Ende zu. Auch Adrian Leverkühn wird sterben, ganz am Ende, das wird nachgereicht in der »Nachschrift«, aber davor widerfährt ihm Schlimmeres, der Teufel holt auch ihn, es ist eine mächtige schlusswürdige Szene: Leverkühn hat einige Leute zu sich in seinen Rückzugsort Pfeiffering gerufen, eine etwas wahllos zusammengestellte Runde, wie Zeitblom bemerkt. Er will sein letztes Werk »D. Fausti Weheklag« präsentieren, samt kurzem Anspiel auf dem Klavier. Aber stattdessen hält er eine verstörende Rede in altem Deutsch, ein Geständnis, sich mit dem Teufel eingelassen zu haben. Zu Beginn glauben die meisten noch an einen Scherz. Mit der Zeit wird das immer schwerer, die Ersten verlassen den Raum, immer mehr werden folgen. So als hätte Thomas Mann das Religiositäts-Geständnis von Döblin zu dessen Geburtstag einmal auf links und die Peinlichkeitswindungen bis zum Anschlag gedreht. In solchen Szenen ist Thomas Mann ganz in seinem Element, er genießt die Zeichnung des Gesellschaftspanoramas, die Dramaturgie der sich ausbreitenden Verstörung. Am Ende bricht Leverkühn zusammen, ab jetzt vegetiert er nur noch dahin.

Davor aber muss noch die Schilderung dieser letzten Komposition erfolgen, und dafür braucht Mann wieder seinen musikalischen Berater. Adorno hat spektakulär gutes Material geliefert für die kompositorische Karriere Leverkühns. Nuanciert, voller Details aus der Schatzkiste musikalischer Ausdruckmöglichkeiten hat er nachgezeichnet, wie ein Künstler mittels übernatürlicher Inspiration an Werken arbeitet, die in dieser Form heutzutage nicht möglich wären. Jetzt gilt es, den Schlussstein zu setzen. Es ist das letzte Werk, das er dem Teufel abringt, und hier soll nun endlich der finale Durchbruch, auf den die anderen Werke hingearbeitet haben, gelingen. Doch eigentlich hat Adorno diese Aufgabenstellung die ganze Zeit unterlaufen. Leverkühns Werke sind keine diabolischen Blendwerke, sind keine Hexerei oder haltlose Übertreibungen. Adorno entwickelt die erfundenen Kompositionen Leverkühns großartig konsequent aus seiner Kenntnis und seiner Konzeption von der Lage der neuen Musik heraus. Unspielbar, unrealisierbar, aber nur wegen technischer Hindernisse. Der Teufel ist nichts, dem man sich als einzelner Künstler ausliefern könnte. Er ist in der Welt, und gute Kunst muss sich diesem Faktum aussetzen. Für Adorno ist Deutschland nicht nationalsozialistisch geworden, weil es sich irgendeinem Teufel verschrieben hat. Sondern weil es einen zwangsläufigen Moment der menschlichen Entwicklungsgeschichte zur exzessiven Konsequenz getrieben hat: Herrschaft über die Natur, über andere, und über das, was in einem selbst natürlich und anders ist.

Und so konstruiert Adorno denn auch Leverkühns letztes Werk.

Der künstlerische Durchbruch, den Leverkühn erreicht, ist das maximale Anschwellen von Herrschaft. Keine Note ist frei, alles ist der Konstruktion des Komponisten unterworfen. Das reflektiert den Zustand der Welt: Herrschaft hat sich als Prinzip menschlichen Zusammenlebens über den ganzen Globus ausgebreitet. Das, und nicht irgendeine altmodische Vorstellung von Sündhaftigkeit, ist das Teuflische, dem sich der moderne Künstler stellen muss. Diese »totale Konstruktion« in der Komposition ist aber zugleich der Ausdruck der Verzweiflung über dieses Ausmaß von Herrschaft. Womit Hoffnung dann aber wieder denkbar wird. Denn damit könnte der Moment gekommen sein, wo die Menschheit über sich selbst erschrickt. Ohne sich in irgendeinen Trost oder irgendwelche Beschwichtigungen zu flüchten.

Thomas Mann ist unzufrieden. Auch wenn Adorno unschätzbar hilfreich war, geht das zu weit. Damit verlässt er seine Zuständigkeit und mischt sich ins Inhaltliche hinein. Das ist Thomas Mann nicht gewohnt. Und dieses Überscharfe einer Dialektik, wo das eine auch zugleich sein Gegenteil sein kann, diese Überspanntheit, die ganze Menschheitsgeschichte in so eine Dialektik zu zwingen, ist seine Sache nicht. Er ist Erzähler. Die Welt von Sünde, Dämonen und einem alten Deutschland, in dem der Teufel selbstverständlicher Gesprächspartner sein kann, ist wesentlicher Bestandteil der Szenerie seines Romans. Da ist dann auch Gnade möglich, ja, der »wahrhaft theologische Weg zum Heil« führt über ausschweifende Sündhaftigkeit. Das darf dann ja wohl auch, gut protestantisch, erzählt werden. Mit dem qualvollen Sterben des liebreizenden Nepomuk hat er einen Exzess an Grausamkeit geliefert, jetzt muss das Pendel in die andere Richtung ausschlagen.

Aber Thomas Mann sieht es ein, dass Adornos Vorschlag den Roman besser macht. Das Ende des schöpferischen Lebens seines Helden wird umso eindringlicher, der Pendelschlag ins Hoffnungsvolle umso stärker, je unwahrscheinlicher die Hoffnung, die Gnade, das Positive gemacht wird. »Aber wie, wenn der künstlerischen Paradoxie, daß aus der totalen Konstruktion sich der Ausdruck – der Ausdruck als Klage – gebiert, das religiöse Paradoxon entspräche, daß aus tiefster Heillosigkeit, wenn auch als leiseste Frage nur, die Hoffnung keimte?«, so steht es am Ende im »Doktor Faustus«.

1947
Wagner, der alte Gauner

Isherwood und Huxley sind aufregendere Partys gewohnt, aber es gibt auch Zusammenkünfte, die nicht gänzlich ihrer Beschreibung eines typisch langweiligen Get-togethers unter Emigranten entsprechen. Es schadet nicht, wenn diskreter Luxus Ort und Atmosphäre beherrscht. Den Neujahrsabend 1947 begeht ein Teil der Exilgemeinde im Haus von Felix Weil. Er hat mit Horkheimers bestem Freund Friedrich Pollock das Institut für Sozialforschung gegründet und mit reichlich Stiftungskapital ausgestattet. Durch das Weizenimperium seines Vaters Hermann ist er ein vermögender Mann. Ein derart großer Fördertopf bleibt nicht unbeneidet: »Wiesengrund und Horkheimer leben in Californien in großem Stil. Das Institut hier ist rein administrativ. Was administriert wird, außer Geldern weiß kein Mensch«, schimpft Hannah Arendt. Und auch Brecht wird nicht müde, über das Institut zu lästern: »ein reicher alter mann (der weizenspekulant weil) stirbt, beunruhigt über das elend auf der welt. er stiftet in seinem testament eine große summe für die errichtung eines instituts, das die quelle des elends erforschen soll. das ist natürlich er selber.« Inzwischen ist Felix Weil auch Vizepräsident der »California Riviera Home Owners Association«, die sich um alle möglichen

Belange der Hausbesitzer kümmert, zum Beispiel darum, dass die immer mehr um sich greifende Unsitte der Carports eingedämmt wird. Er hat das Haus am Spoleto Drive in Santa Monica gekauft, in dem Thomas Mann 1940 sich selbst auf Schallplatte gehört hat und das nun die ideale Partykulisse bietet.

Natürlich ist es außerdem hilfreich für eine gute Party, Gäste wie Charlie Chaplin zu haben. Im wirklichen Leben erkennt man Chaplin auf den ersten Blick gar nicht, nicht nur weil der Schnurrbart fehlt, sondern weil die ganze Aura eine völlig andere ist: Kraftkerl statt melancholischer Tramp, bei dem man nicht weiß, ob er einen im nächsten Moment zerfleischt oder nur einen sehr guten Witz macht. Oder beides. Chaplin kann mühelos die Gesellschaft unterhalten und amüsieren, wenn er Churchill oder Gandhi nachmacht oder seine eigene Erfolgsgeschichte pantomimisch nachstellt. Aber selbst unter den Deutschen gibt es Naturtalente der Pointe: Thomas Mann freut sich ungemein über jede Gelegenheit, Hanns Eisler zu treffen, ein weiterer Schüler von Schönberg und guter Freund von Brecht, für den er zahlreiche Stücke für Bühnen- und andere Texte komponiert hat. Mann führt mit ihm ein Dauergespräch über alle wichtigen Häuser der Emigration hinweg, bei Schönberg, bei Eisler selbst, oder eben heute bei Felix Weil. Mann sucht das Gespräch mit Eisler, weil er unschätzbar viel lernen kann über Musik. Aber auch deswegen, weil er immer Tränen lacht. Sie haben irgendwann einmal, bei irgendeiner der zahlreichen Zusammenkünfte, eine Diskussion über Wagner angefangen, und sie haben bis heute damit nicht aufgehört. Wie Eisler die billigen Tricks von Wagner aufspürt, wie er sie am Klavier oder singend präsentiert, wie er die Backen aufbläst, wenn er die Blechbläser bei ihren hohlen Fanfaren, ihrer Effekthascherei imitiert, wie die Augen blitzen, wenn er den alten Gauner Wagner wieder bei kompositorischer Nachlässigkeit erwischt, das führt zu Lacheruptionen Manns wie sonst selten etwas. Hier, das Schmerzmotiv in einem der Leitmotive aus dem Parsifal, Eisler spielt es an, hier ist der Schmerz, beim Halbtonschritt nach unten, Eisler kneift die Augen zusammen, reißt den Mund auf, noch einmal angespielt, noch stärker mimt Eisler den Schmerz. Und dann, am Ende der Oper: Erlösung. Eisler zuckt mit den Mundwinkeln, er freut sich schon auf das, was jetzt kommt. Selbes Motiv, aber es geht nicht mehr den schmerzenden Halbtonschritt nach unten, jetzt federt es nach oben, und da, noch einmal, da kommt es wieder, das Motiv, wieder geht es nach oben, eine Freude, ein Gejubel, und auch Eisler federt jetzt, er tanzt, der runde, kompakte Mann tanzt die Erlösung, Thomas Mann kann nicht mehr. Das wäre ein bisschen weniger lustig, würde es nicht aus tiefster Bewunderung kommen. Thomas Mann findet bemerkenswert, wie sehr die Neutöner, Krenek, Schönberg, Eisler, die Tradition lieben. Nur aus der Verehrung heraus, aus dem Schmerz der zu leichten Lösung, der Theaterdonnerei in der so genialen Musik legt Eisler den Finger in die Wunde Wagner. Und nur, weil die Bestürzung darüber in den listigen Augen immer mitzusehen ist, hat das einen bezwingend komischen Effekt. Eisler ist ein Virtuose der schnellen Pointe, so wie man die Sektkorken knallen lässt, so wie man mit den Fingern schnalzt. Dann ist es auch schon wieder zu Ende. Und Eisler ist wieder freundlich ernst. Und Chaplin hört Mann freundlich-ernst dabei zu, wenn er von seinem »Doktor Faustus« erzählt. Wie schön, wie gut, unter Menschen zu sein.

1947
Überfahrt

Zehn Tage dauert die Fahrt mit dem Schiff von Amsterdam nach New York. Zehn Tage Zwischenzeit. Thomas Mann kann die Ereignislosigkeit gut gebrauchen. Er und Katia waren vier Monate unterwegs, London, die Schweiz, Italien. Der erste Aufenthalt in Europa nach neun Jahren, und jetzt, in den letzten Augusttagen des Jahres 1947, also wieder zurück in die inzwischen schon gar nicht mehr so neue Heimat. Max Beckmann und seine Frau sind auch auf dem Schiff, sie leben seit 1937 in Amsterdam und nutzen jetzt das Angebot eines Lehrauftrags in St. Louis, um endlich in die USA zu kommen. Die Manns haben eine Einzelkabine, die Beckmanns müssen sich ihre mit anderen teilen. Es ist angenehm, Mitreisende zu kennen, man ist nicht allein beim Zeittotschlagen, man trifft sich bei den Essen. Thomas Mann vergisst im Tagebuch nicht, darauf hinzuweisen, dass Quappi, Beckmanns Frau, die Tochter des Malers Friedrich August Kaulbach ist, der Katia und ihre Brüder als Kinder in Pierrot-Kostümen gemalt hat. Abends gibt es Tanz, manchmal Lotto, manchmal Kino.

*

Die Europareise war trubelig für Thomas Mann, sie war triumphal. Er hatte den Nietzsche-Vortrag im Gepäck und ein, zwei Passagen aus dem »Doktor Faustus«. Aber vor allem: sich selbst. Wenn er im Zürcher Schauspielhaus sitzt, auf derselben Bühne, auf der er vor neun Jahren aus »Lotte in Weimar« gelesen hat, dann können Autor wie Publikum diese Tatsache bereits feiern, noch bevor der Autor irgendetwas zum Besten gegeben hat. Thomas Mann hat überlebt und die Schweiz auch. Nein, besser: Der Geist hat gewonnen gegen die Barbarei. Goethes Weimar hat sich am Ende als stärker erwiesen als Hitlers Germania.

Aber dann ist es natürlich gut, wenn dieser Geist doch noch vorgeführt wird und Thomas Mann aus dem »Faustus« liest. Er hat aus diesem abgründigen Roman zwei überaus komische Passagen ausgewählt. Die erste ist eine Art Kabinettstückchen: Ein französischer Impresario versucht Leverkühn, der sich endgültig aus dem Konzertbetrieb zurückgezogen hat, eben dorthin wieder zurückzuholen. Mann hat diese Szene geschrieben, ohne dass Leverkühn zu Wort kommt. Die Ablehnung Leverkühns lässt sich lediglich aus der Suada des Impresarios ablesen. Der schraubt seine Ambitionen Stück für Stück herunter, als er bemerkt, dass Leverkühn auf seine hochfliegenden Pläne nicht anspringt. Er macht sie immer kleiner, bis er am Ende aufgibt und geschlagen Leverkühns Rückzugsort verlässt. Dieses schrittweise Scheitern funktioniert vorgelesen prächtig, denn es besteht ja in der Hauptsache aus vorgetragener Rede. Und als Zugabe die zweite Passage, Kretzschmars große, stotternd und am schlechten Pianino vorgetragene Analyse von Beethovens op. 111, mit der einen dazukommenden Note als die »rührendste, tröstlichste, wehmütig versöhnlichste Handlung von der Welt«: eine sichere Bank.

*

Bei zehn Tagen Überfahrt auf einem großen Dampfer lässt sich Seegang nicht vermeiden, Quappi erwischt die Übelkeit als Erste, Katia folgt bald, Beckmann kämpft mit Schnaps dagegen an. Seine Laune schwankt. Einerseits: Amerika. Andererseits: Sollte er vor der Landung ersaufen, ist es ihm auch recht. Die größte Sensation, die noch kommen wird, wird der Tod sein, mal sehen, welche kleineren Sensationen es davor noch gibt: Das Erlebnis der Abfahrt von Europa war schon gar nicht schlecht. Thomas Mann wird immer unleidiger, Langeweile und Ungeduld werden größer, an Arbeit ist nicht zu denken, zehn Tage Zwischenzeit, inzwischen heißt es: »jeder Tag will überwunden sein«.

*

Die Europareise war ein Triumph, aber auch ein Ärgernis. Dass ihn auch in der Schweiz Begehrlichkeiten erreichten, ihn nach Deutschland zu holen, ja, dass man gar Emissäre nach Zürich geschickt hatte, um ihn zu überreden, war ja enervierend genug, aber doch eher schmeichelhaft. Schlimm sind die Schmähungen, die ihn aus Deutschland erreichen und einfach kein Ende nehmen wollen. Thomas Mann kann strategisch sein und bei Grußbotschaften und in Interviews auf Ermahnungen verzichten. Er hält die meisten Protagonisten der sogenannten inneren Emigration für »sitzengebliebene Dummköpfe, Ofenhocker, über denen der Ofen zusammengefallen ist«, aber das muss er ihnen ja nicht dauernd öffentlich präsentieren. Aber ist es nicht angezeigt, immer wieder darauf hinzuweisen, dass das Selbstmitleid, das die Deutschen an den Tag legen, unangebracht ist? Doch jedes Mal gibt es einen Aufschrei, wird Mann das luxuriöse Leben außerhalb Deutschlands zum Vorwurf gemacht. Die Schattierungen an Bösartigkeit sind dabei vielfältig. Denn es müssen gar keine mutwilligen Verfälschungen darunter sein. Es genügt eine falsche Erinnerung, eine ungeschickte Akzentsetzung, ja, manchmal führt ein falsch gesetztes Komma zu interpretatorischen Schieflagen.

Und das schlimme Deutschland verfolgt einen auf Schritt und Tritt. Mann besuchte in Zürich eine Aufführung von Wagners »Götterdämmerung« unter der Leitung von Hans Knappertsbusch. Eben jenem Meisterdirigenten, der damals die Kampagne gegen Thomas Manns Wagnervortrag in München mitinitiiert hatte. Knappertsbusch hatte sich nicht die Mühe gemacht, sich den Text von Thomas Mann gründlich vorzunehmen, sonst hätte er wahrscheinlich bemerkt, wie sehr die Ambivalenzen aus dem bewundernden Ringen mit dem Riesenwerk des Genies herrühren. Auf den flüchtigen Blick blieben da nur Despektierlichkeiten gegen das Nationalheiligtum Wagner. Und auch wenn Knappertsbusch sich von nationalsozialistischer Ideologie ferngehalten und später die ganze Kampagne bereut hat: Die Kalamitäten, die Verdächtigungen, die Schikanen, denen sich Thomas Mann ausgesetzt sah, konnte er nicht rückgängig machen. So funktioniert Faschismus eben auch: Reflexe eines festgefahrenen Konservativismus können fatale Folgen zeitigen. Und dann sieht Mann in der Oper Knappertsbusch außer Rand und Band dem Weltuntergang entgegenfuchteln. Die Götter haben sich selbst abgeschafft. Und das Neue, das da womöglich aus den Trümmern entsteht, darf gerne ohne solche Leute wie Knappertsbusch entstehen. Der wild dirigierende Knappertsbusch: einer dieser guten Gründe, sich Deutschland nur aus der sicheren Ferne der Schweiz zu Gemüte zu führen.

Wagner kann man zum Beispiel auch in Luzern begutachten. Zumindest das Grausige, was die Wagner-Zeit bereithält. Thomas Mann hat mit Hermann Hesse das Richard-Wagner-Museum in Tribschen besucht, »gesättigt mit einem Hautgout von schlechtestem 19. Jahrhundert, eine verschollene Theaterwelt«. Hesse steht Wagner ohnehin reservierter gegenüber als Mann, aber an kleinen Fundstücken wie einem Jugendbild oder Briefen von Nietzsche können sie sich dann doch erfreuen. Hesse: für Thomas Mann kein Freund, aber ein verlässlicher Vertrauter. Mann war erstaunt und etwas erschrocken, als er im März 1944 den neuen großen Roman von Hesse in der Hand hielt: »Das Glasperlenspiel«. So viele Ähnlichkeiten gab es zum »Doktor Faustus«: die Herausgeberfiktion, die fingierte Biografie, die Musik. »Die Erinnerung, daß man nicht allein auf der Welt, immer unangenehm«, schreibt Mann ins Tagebuch. Aber er beruhigt sich wieder: Hesse ist viel schwärmerischer, das Alte ist nicht das unheimlich Dämonische, als das es sich in der vermeintlich modernen Welt entpuppt, sondern es ist das gute Alte gegen das fragwürdige Moderne. »Das Meine sehr viel zugespitzter, schärfer und komisch-trauriger«, schreibt Mann.

*

Auf dem Schiff herrscht weiter leere Zeit. Der Seegang beruhigt sich, die Seekrankheiten halten an. »Durch Alkohol einigermaßen geschützt besah ich mir die maßlose Welt«, schreibt Beckmann ins Tagebuch. Dann zeigt ihm Thomas Mann Holzschnitte des zeitgenössischen belgischen Malers und Grafikers Frans Masereel. Mann ist kein großer Liebhaber der bildenden Kunst, nach Literatur und Musik kommt lange nichts, aber diese Holzschnitte üben Wirkung auf ihn aus. Er schätzt das Ineinander des alten Handwerks und der modernen Inhalte. Mit der Aufeinanderfolge dieser Holzschnitte wird eine Geschichte erzählt, die Geschichte der Jugend von heute, die sich nach den Verwüstungen des Krieges ein würdiges, ein schönes Leben aufbaut. Mann gefällt die Einfachheit und die Kraft dieser Darstellungen. Ist es nicht das, was die Welt gerade am nötigsten hat: eine Vorstellung vom Menschen, die ihn nicht sentimental überhöht, ein neuer, nüchterner Humanismus als Religionsersatz für eine desorientierte Zeit? So hat er es auch den Zürcher Studenten bei seinem Auftritt im Audimax der Universität zugerufen. Als Einleitung für seine dortige Lesung aus »Doktor Faustus« hat er sich nicht für die lustigen Passagen entschieden, für diesen Anlass hat er die intensiven Diskussionen der Studenten vor dem Ersten Weltkrieg ausgesucht.

*

Max Beckmann guckt auf die Holzschnitte. Was soll er schon groß sagen? Soll er sich die Überfahrt noch schwerer machen, indem er mit dem freundlichen alten Dichter eine Diskussion über Kunst anfängt, oder schlimmer noch: über einen

Humanismus, der den menschlichen Dämon bezwungen hat? Es ist doch ganz angenehm, wenn es wenigstens zwei Personen auf dem Schiff gibt, mit denen man etwas Umgang hat, das sollte man sich nicht leichtfertig verderben. Er gibt Thomas Mann lieber ein paar Graphiken und Zeichnungen von sich. Da könnte er den Dämon im Menschlichen sehen, wenn er denn visuell künstlerisch sehen könnte, statt von menschlicher Dämonenbefriedung zu palavern.

*

Max Frisch war auch bei der Lesung im Zürcher Audimax. Er war peinlich berührt, als Thomas Mann fragte, ob sie, also die jungen Leute, etwas mit seiner Idee eines erneuerten Humanismus, der doch eine Idee direkt für sie sei, etwas anfangen könnten. Denn es herrschte Schweigen. Frisch war peinlich berührt, aber nicht überrascht. Denn aus seiner Sicht kommen diese ganzen Jungen aus der Gesellschaftsschicht, die es sich in der Schweiz erlauben konnte, noch genau in dem alten sentimentalen Humanismus zu schwelgen, den Thomas Mann nicht mehr zeitgemäß findet. Nicht nur nicht zeitgemäß, sondern leichte Beute für den Nihilismus und Zynismus des Fin de Siècle, die sich nur allzu leicht für politischen Fanatismus benutzen ließen. Der zweiundsiebzigjährige Thomas Mann sprach laut Max Frisch zu Bewohnern des 19. Jahrhunderts.

*

Zwei Tage später ist Max Beckmanns Stimmung »beträchtlich erhöht«, es scheint, als ob man nun doch bald ankommen werde. Quappi, die sehr gut Violine spielen kann, und Thomas Mann hatten geplant, gemeinsam aufzutreten, aber Beckmann wusste das zu unterbinden. Sei's drum, man ist ja bald da. Thomas Mann liest schon die ganze Zeit in Huizingas Biografie von Erasmus. Mann spielt gerne mit der Größe, er kann sich gut in die Geistesgrößen vergangener Tage hineindenken. Der große Reformator und Humanist, dem die umstürzlerische Gebärde fremd war, der Ausgleich statt Kampf suchte, der deswegen nicht die grässlichen Irrwege eines Martin Luther gegangen ist, dem dadurch aber auch eine direkte gesellschaftliche Wirkung versagt blieb – darf Thomas Mann sich da nicht wiederfinden? Ruhm: nicht zu knapp, aber was kann er damit anfangen? Mann war in Zürich auch beim ersten internationalen PEN-Kongress nach dem Krieg. Er hielt mit seinem Nietzsche den Festvortrag, aber er war auch bei einer Sitzung dabei zur Frage, ob es wieder eine deutsche Gruppe des Schriftstellerverbands geben sollte, nachdem sie mit Beginn des Nazi-Regimes aufgelöst worden war. Thomas Mann, der von den selbstmitleidigen Deutschen dafür geschmäht wird, dass er ihnen die Schuld für das Regime aufbürdet, war unbedingt dafür. Und zustimmend ist nach hitziger, langwieriger Diskussion denn auch abgestimmt worden. Der ebenfalls anwesende Erich Kästner hat es als Berichterstatter der Münchener Neuen Zeitung zufrieden notiert. Im Jahr zuvor hatte Kästner einen subtil hinterhältigen Artikel darüber verfasst, dass Thomas Mann nicht nach Deutschland zurückkehren wolle. »Das Unverschämteste, was die Deutschen sich gegen mich geleistet haben«, nannte es Thomas Mann. Später wird er Kästner als Gründungsmitglied für den deutschen Nachkriegs-PEN vorschlagen. Thomas Mann nutzt alles, was als Materialisation seines Traumes eines neuen, reifen Humanismus nutzbar gemacht werden kann. Auch der PEN ist in seinen Augen viel mehr als eine Interessenvertretung. Auch er kann Keimzelle und Katalysator der Idee einer freien Völkergemeinschaft sein.

Thomas Mann ist nicht naiv. Mit Schmerzen notiert er die Versuche einer solchen Idee auf der Ebene, auf der es am Ende eben auch ankommt: der Regierungen. Und notiert ihr Scheitern. Erst im Juli gab es in Paris wieder eine Konferenz der Außenminister Großbritanniens, Frankreichs und der Sowjetunion, die ohne Einigung endete.

*

Am 8. September 1947 erreicht das Schiff New York, am 14. ist er wieder in seinem Haus in Pacific Palisades. Zuhause? Am 24. September beginnt das Verhör von Hanns Eisler vor dem Komitee für unamerikanische Umtriebe. Vorausgegangen war eine beispiellose Kampagne, um Hanns' Bruder Gerhart als vermeintlichen kommunistischen Spion zu entlarven, die dann auch Hanns erfasste. Im März 1948 werden Eisler und seine Frau ausgewiesen, trotz zahlreicher Proteste, Solidaritätskonzerte u.a. von Leonard Bernstein und Petitionen u.a. von Thomas Mann und Albert Einstein. Brecht hatte schon im Oktober direkt an dem Tag nach *seinem* Verhör die USA verlassen. Thomas Manns Befürchtungen, dass das Land nach Roosevelts Tod zu stark nach rechts rückt und seine gefährliche Konfrontation mit der Sowjetunion auch das innere Klima vergiftet, scheinen sich zu bewahrheiten.

1948

Wo er es findet

Doch zumindest ist der »Doktor Faustus« endlich fertig und in der Welt. Jetzt beginnt das Werk zu wirken, aber zunächst muss Mann sich um die Wirkung bei engen und fernen Bekannten kümmern, die mit den Figuren, die ihnen ähneln, möglicherweise nicht einverstanden sind. Oder mit dem Roman überhaupt. Thomas Mann muss beispielsweise unbedingt mit Bruno Walter reden. Die nächste Einladung der Walters in ihr zweistöckiges, weiß verputztes Backsteinhaus im englischen Stil in Beverly Hills, gleich neben dem Haus der Werfels, bietet dafür Gelegenheit. Mann hat Sorge, dass er seinen Freund verstört hat, ja, dass er ihm gewissermaßen untreu war. Er hat einen Roman über Musik begonnen, sich also in Walters ureigenstes Gebiet begeben, was Walter zunächst in spannungsvolle Erwartung versetzt hat. Als Mann ihm den Kretzschmar-Vortrag zu Beethovens op. 111 vorgelesen hat, war er angetan und begeistert gewesen. »Nie ist annähernd so Tiefes und Erleuchtendes über Beethoven gesagt worden«, hat er Mann über das Kapitel geschrieben, das Mann aus den Anmerkungen Adornos und dessen Text über den Spätstil Beethovens zusammengebaut hat. Aber mit Leverkühns kompositorischer Entwicklung geht der Roman dann in genau die Richtung der neuen Musik, der Walter so skeptisch gegenübersteht. Mann will sich erklären. Ihm geht Walters musikalischer Enthusiasmus immer mal wieder auf die Nerven, er findet dessen Bewunderung für die Tradition oft genug übertrieben, naiv, haltlos schwärmerisch. Aber Mann will mit seinem Roman keine Stellung für die neue Musik beziehen, die er ja selbst nicht wirklich lieben kann. Einzig die Konstruktion des Romans hat ihn dorthin gezwungen, Musik dient ja nur als Beispiel für das Problem der Gegenwart und ihrer Kultur allgemein. Wie lassen sich heutzutage überhaupt noch Werke komponieren, wie kann der Zerrissenheit der Zeit ein schönes rundes Ganzes abgerungen oder entgegengestellt werden?

Thomas Mann merkt es ja, bei allem Vorbehalt gegenüber den Neutönern, an sich selbst. Schon kurz nach seiner Operation, als er den »Tristan« hörte, konnte er ihn nicht mehr recht ertragen. Wird diese Art der Musik nicht mit der bürgerlichen Welt untergehen? Und nachdem er in Newmans Biografie über Wagners faschistoiden Charakter gelesen hat, da mochte ihm auch der »Parsifal« nicht mehr behagen.

Analysen dieser Art machen Bruno Walter traurig. Er berichtet Thomas Mann von einem der letzten Gespräche mit Schönberg, wo dieser schlichtweg geleugnet habe, dass der Dissonanz das Bedürfnis nach Auflösung, nach Wiederherstellung des harmonischen Zentrums innewohne. Aber das ist ja gar nicht das Problem. Bruno Walter ist Musiker durch und durch, er hat seine Vorlieben, aber er ist kein verbohrter Nostalgiker. Für ihn steckt eine viel grundsätzlichere Entwicklung dahinter. Musik: von Menschen gemacht, natürlich. Aber eröffnet sie uns nicht einen Bereich, der mehr ist als das rein Menschliche? Einen Bereich, an dem wir teilhaben können, aber nur, weil der Mensch mehr ist als nur ein vernünftiges Tier. Musik, das war mal freies Spiel, großartig, weil der Mensch nur Medium war, dieses Spiel auszulösen. Erst als sich so ein Genie wie Beethoven herausgenommen hat, Musik zum Ausdruck menschlicher Leidenschaft zu machen, ist sie zu dem geworden, was die meisten heutzutage darunter verstehen. Auch groß, vielleicht sogar größer. Aber nicht mehr himmlisch.

Deswegen hat Walter der Kretzschmar-Vortrag auch so gut gefallen: Denn darin wird der späte Beethoven starkgemacht, der das Künstlerego wieder zurücknimmt, der das musikalische Material frei lässt. Dass es von da aus dann zu Schönberg geht, ist seine Sache nicht, auch wenn er im Roman ein Stück von Leverkühn dirigieren darf oder muss. Aber nun gut. Kein Grund, Thomas Mann nachhaltig gram zu sein. Kein Grund, die Freundschaft, den Lebensglücksfall, zu gefährden.

Es gibt Cocktails, die Frauen kommen dazu, das Gespräch unter den beiden Freunden weicht dem allgemeinen Gespräch unter Vertrauten. Die Mode in Deutschland, gegen »große Deutsche« als Vorläufer des Nationalsozialismus anzuschreiben, ist eines der Themen. Wie gegen Friedrich, Bismarck, Nietzsche oder Wagner gewütet wird.

Dann hat Erika wie meist einen besonderen Leckerbissen auf Lager. Sie liest einen Brief von einem der Schriftsteller vor, die nicht genug bekommen konnten vom großen Deutschland, die Thomas Mann einst bewunderten, dessen Wende zur Republik aber nicht mitgingen. Hanns Johst, Kulturfunktionär der Nazis, schrieb 1933 an Himmler bezüglich Klaus Mann:

»Da dieser Halbjude schwerlich zu uns herüberwechselt, wir ihn also leider nicht auf's Stühlchen setzen können, würde ich in dieser wichtigen Angelegenheit doch das Geiselverfahren vorschlagen. Könnte man nicht vielleicht Herrn Thomas Mann, München, für seinen Sohn ein wenig inhaftieren? Seine geistige Produktion würde ja durch eine Herbstfrische in Dachau nicht leiden, denn wir wissen aus unseren eigenen Reihen, welches famose Schrifttum gerade von national-sozialistischen Häftlingen zur glücklichen Niederschrift kam. Ich erinnere nur an Hitler und Röhm.«

*

Erika kann so etwas mit ihrer Professionalität als ehemals treibende Kraft der »Pfeffermühle« zum Vortrag bringen, dass der ganze anmaßende Wahn in seiner Dummdreistigkeit im Zimmer vibriert. Für Erika kann sich Thomas Mann am meisten von seinen Kindern begeistern. Er schafft es nicht, seine Sympathie auf seine Kinder gleichmäßig zu verteilen. Er mag Michael nicht besonders, er findet Monika die meiste Zeit unerträglich. Golo muss sich seinen Respekt mühsam und allmählich erkämpfen. Elisabeth ist sein Lieblingskind. Natürlich sind die beiden ältesten, Klaus und Erika, die aufregendsten, aber Klaus scheint sein Talent zu vergeuden mit seiner haltlosen Lust auf Tod und Lust. Erika dagegen bringt ihn verlässlich zum Lachen, sie bringt ihm die Welt in seine vier Wände, und wenn er denn seinerseits mal in die Welt muss, dann ist sie so ungemein hilfreich im Organisieren, im Übersetzen, in ihrer Souveränität. Sie kann als Einzige mit seinen Texten umgehen, ist respektlos genug, um keine Hemmungen zu haben, massiv zu kürzen, aber so voller Respekt, dass sie das Textgeflecht nicht einfach an einer Stelle abschneidet, sondern zwei, drei Fäden herauswindet und dann neu verschnürt.

Bald ist Erika wieder für zwei Monate unterwegs auf Vortragsreise. Am letzten Abend vor ihrer Abreise ist sie mit ihren Eltern, Feuchtwangers, Horkheimers und anderen bei Eva Herrmann zur Housewarming-Party eingeladen. Herrmann ist Malerin, sie kann herrlich treffende Karikaturen fertigen und ist durch ein väterliches Vermögen unabhängig. Ihr erster Freund war Johannes R. Becher, Sybille Bedford ist ihre enge Vertraute, sie war auch schon in Sanary-sur-Mer Mitglied der Exilgemeinde, sie hat Feuchtwanger bei seiner umstrittenen Reise nach Moskau zu Stalin begleitet und in eine seiner außerehelichen Passionen. »Gemme« ist ihr Spitzname, weil alle so angetan sind von ihrer besonderen Schönheit. »Ein fast märchenhaft schönes Mädchen: Kopf wie eine frühgriechische strenge Gemme«, schrieb Harry Graf Kessler, »eine trotz ihrer Zartheit und großen Jugend fast heroische Erscheinung.« Sie ist so etwas wie ein Adoptivkind der Manns, sie ist immer willkommen, bei den Weihnachtsfeiern und anderen familiären Anlässen ist sie selbstverständlich mit dabei.

Sie ließ sich im Rustic Canyon von dem Architekten Cliff May eines der Ranch Houses bauen, für die er bekannt ist, einstöckige, schlichte Häuser mit großen Fenstern und einem Grundriss, der die Grenzen nach draußen fließend und den Garten zur Fortsetzung der Räume macht. Bauliche Moderne für den Massenmarkt. Dadurch ist innen aber nur begrenzt Platz für ein gedecktes Essen, also teilt

Herrmann ihre Gäste auf: Ein Teil ist zum Essen geladen, der Rest kommt später zum Kaffee und den Schnäpsen dazu. Beim nächsten Mal wird gewechselt. Aber klar, es ist die Housewarming Party, also ein klein wenig exzeptioneller als ein normales Get-together. Die Adornos haben das Pech, diesmal zur Nachhut zu gehören. Und dann geht auch noch was schief bei der Essenszubereitung, nicht schlimm, aber es verzögert sich alles ein bisschen, als die Adornos eintreffen, werden sie gebeten, noch ein wenig im Wohnzimmer zu warten, das neue Haus zu inspizieren, im neuesten New Yorker zu blättern. Aber Adorno findet das unangemessen, die alteuropäischen Gesellschaftsregeln sind zu sehr in seinem mentalen System eingebrannt, als dass sie schon dem amerikanischen Laissez-faire Platz gemacht hätten, er kann diesen Vorgang nicht anders verstehen als Herabsetzung, als Manifestation einer Zweiklassengesellschaft: er hier draußen und Thomas Mann dadrinnen, er hat die ganze Zeit schon das Gefühl, dass die Leute gar nicht mitbekommen haben, wie sehr er an dem letzten Roman von Thomas Mann beteiligt war, er schafft es nicht, die Anwesenden nicht merken zu lassen, wie sehr ihm das missbehagt.

Thomas Mann ist davon unangenehm berührt. Er nimmt das Material für seine Bücher, wo immer er es finden kann. Und wenn es dann erst Literatur geworden ist, was sollte die profane Welt daran noch für ein Anrecht haben? Aber mit diesem seltenen Fall, dass ihm jemand nach seiner Aufforderung Textbausteine geliefert hat, verhält es sich nun doch auf eine nicht unerhebliche Weise etwas anders, das weiß auch Thomas Mann. Er wird wohl nicht darum herumkommen, Adorno deutlicheren Credit zu geben als bisher, vielleicht schreibt er noch ein kleines Büchlein dem »Doktor Faustus« hinterher, wo er das dann alles erklären und einordnen kann.

Aber das steht im Moment nicht so sehr im Vordergrund. Nachdenklicher als der hysterische Ausbruch Adornos stimmt ihn das Gespräch mit Erika vor ein paar Tagen. Denn da hat er ihr präsentiert, wie er sich ihre Zukunft vorstellt: eng an seiner Seite, als Tochter-Adjutantin sozusagen, niemand ist talentierter, wenn es um seine Sachen geht. Dass das Talent Erikas weit unter ihren Möglichkeiten bleibt, wenn sie es in des Vaters Dienste stellt, weiß Thomas Mann bestimmt. Sie würde wesentliche Teile dessen verlieren, was sie ausmacht: die Schnelligkeit, die Weltlust, die Beweglichkeit. Aber was will er machen? Er nimmt, was er für das Seine hält, wo immer er es findet.

1948
Supererogatory

Schönberg ist zufrieden. Nach all dem Ärger, nachdem er immer wieder darauf hinweisen musste, dass er durchaus nicht an Syphilis erkrankt sei, könnte das ja alles doch noch ein gutes Ende nehmen. Er hat die englische Übersetzung des »Doktor Faustus« in Händen, es ist die erste Ausgabe, in der Thomas Mann Schönbergs Wunsch, einen Hinweis auf ihn als Erfinder der Zwölftonmethode hinzuzuschreiben, entsprochen hat. Ebenso in allen zukünftigen deutschen Ausgaben und natürlich auch in allen Übersetzungen. Neben den vielen Schrecklichkeiten des deutschen Charakters gibt es das eben doch noch: deutsche Ehrlichkeit! Schönberg hat sich zu wütenden Äußerungen hinreißen lassen, hat Mann einen Brief geschrieben, in dem er ihm präsentieren wollte, wie wahrscheinlich es ist, dass der »Doktor Faustus« ihn auch noch um seinen Nachruhm bringen wird, wo ihm der Ruhm zu Lebzeiten ja ohnehin verwehrt wird. Der Brief tut so, als wäre er aus dem Jahre 2048 von einem gewissen Hugo Triebsamen, der als Musikologe die Historie zu rekonstruieren versucht, wie ein gewisser Schönberg dem Schriftsteller Thomas Mann, der früher einmal Komponist werden wollte, die Idee der Zwölftonmusik geklaut hat. Was der Lauf der Geschichte dann gerechterweise richtiggestellt hat. Das ist die Art von bissigem und einmal um die Ecke verschnörkeltem Witz, die Thomas Mann nicht versteht oder nicht verstehen will. Aber er versteht das Problem, er versteht das Anliegen. Wenn er ehrlich ist, versteht er alle, die erbost sind darüber, dass und wie sie für den Roman mal mehr, mal weniger leicht entschlüsselbar benutzt wurden. Mann hat einiges zu tun in den Tagen nach der Veröffentlichung, um die Empörung abzuwiegeln. Er schreibt Briefe, er führt Telefonate, manchmal im Vorfeld, um die Lektüre zu lenken, es fällt ihm schwer, es enerviert ihn, aber es muss sein. Schönberg ist der gewichtigste Fall, und er verlangt das größte Opfer: dass die Illusion der fiktiven Welt des Romans am Ende aufgebrochen wird durch eine Notiz, die über das wirkliche Faktum der Zwölftonmusik aufklärt. Ungut, unkünstlerisch, schmerzhaft, aber es muss sein.

Für Schönberg ist Ruhm nicht das Wichtigste. Aber er ist ihm auch nicht einerlei. Er kommt gut über die Runden. Er konnte im Westen von Los Angeles ein Haus kaufen und kann seiner Familie mit den drei Kindern, die er mit Gertrud, der Schwester von Kolisch, hat, ein gutes Leben bieten. Aber Brentwood war damals nicht die begehrte Adresse, die es heute ist, das Haus ist, auch wenn es zweistöckig ist, nicht besonders groß, es stand vor dem Kauf ein paar Jahre leer, es ist umgeben von Brachland. Joan Crawford und Shirley Temple haben ihre Häuser deswegen in der Nähe, weil sie fernab vom Trubel Ruhe suchen und Temple Platz für ihre Pferde braucht. Es kommen trotzdem manchmal Busse vorbei, die Touristen die Häuser der Stars zeigen. Schönbergs Haus liegt am Ende einer Steigung, der Fahrer muss den Gang wechseln, und für einen Moment scheint es, als würde die Tour vor dem Haus des berühmten Arnold Schönberg halten, der fast im Alleingang die Musik revolutioniert hat. Aber dann fährt der Bus doch recht rasch weiter zu den Häusern der Stars. Schönberg würde sich gehörig gestört fühlen von irgendwelchen Paparazzi. Aber dass der Bus einfach weiterfährt, will ihm nicht ganz einleuchten.

Schönberg schneidet das Buch auf und blättert die ersten Seiten durch. Er findet die Notiz nicht. »Ist das ein Witz, oder werde ich blind?« Das mit dem Blindwerden ist keine Rhetorik – Schönberg hat tatsächlich ein Augenleiden, das es ihm schwer macht, Bücher zu lesen. Deswegen war es auch Alma Mahler-Werfel, die ihn darauf aufmerksam gemacht hat, dass es in Thomas Manns neuem Roman um einen syphilitischen Erfinder der Zwölftonmusik geht. Sein Assistent Richard Hoffmann hat ihm dann immer wieder aus dem Roman vorgelesen, erst die unverfänglichen Teile über Musik aus dem europäischen Kanon, die Schönberg ausgesprochen gut gefallen haben. Aber irgendwann musste Hoffmann auch die Stellen vorlesen, bei denen klar war, dass Schönberg sie nicht goutieren würde. Hoffmann ist jetzt mit dabei, als Schönberg nach der Notiz sucht, auch er durchblättert das Buch: nichts! Dann entdecken sie die Notiz doch noch, sie steht ganz hinten, nach mindestens einer unbedruckten Seite.

Nun gut, die Notiz ist da. Nicht der idealste Platz, aber immerhin: Sie ist da. Schönberg beginnt zu lesen, diesen Text will er sich selbst zu Gemüte führen, Augenleiden hin oder her, aber er schafft es nur bis zum 5. Wort. »It does not seem supererogatory …« Was zum Teufel ist das für ein

Wort? Schönberg hat das Wort noch nie gehört. Ist das ein Kunstwort? Eine Erfindung? Ein Thomas Mannscher Spaß, der sich als weitere Gemeinheit entpuppen wird? Hoffmann ist zwar auch kein Muttersprachler, aber er ist seit seinem elften Lebensjahr in Amerika. Dennoch: Auch er kennt dieses Wort nicht. Schönberg holt sein Wörterbuch, den großen Webster, und das Vergrößerungsglas, es dauert eine ganze Weile, bis er das Wort »supererogatory« findet. Es bedeutet »überflüssig«. Thomas Mann schafft es sogar in der Übersetzung, manieriert zu sein. Schönberg liest weiter: »Es scheint nicht überflüssig, den Leser zu verständigen, daß die im XXII. Kapitel dargestellte Kompositionsart, Zwölf Ton- oder Reihentechnik genannt, in Wahrheit das geistige Eigentum eines zeitgenössischen Komponisten und Theoretikers, Arnold *Schönbergs*, ist.« Schönberg hält inne. Sein Gesicht fällt zusammen. Er liest noch einmal. Er inhaliert diese Zumutung, diese Bösartigkeit, diese altfränkische Feinheit in Babysprache. Das ist zu viel. Er, Arnold Schönberg, ein bloßer Zeitgenosse des großen Thomas Mann? Das wird sich ja noch herausstellen, wer wessen Zeitgenosse gewesen sein wird!

Schönberg nimmt den Fehdehandschuh auf, den er aus dieser Notiz herausliest, er startet eine Kampagne für seinen Nachruhm, er platziert Artikel, er schickt Dokumentationen des Falls an Vertraute und Menschen, von denen er sich erhofft, dass sie die Botschaft weitertragen, dass sie für ihn publizistisch Partei ergreifen. Das macht ihm Spaß, das ist eine zwar unerfreuliche, aber eben doch eine Gelegenheit, seine Existenz, seine Musik, seine Lebensleistung noch ein wenig sichtbarer zu machen.

Aber er schießt über sein Ziel hinaus. Die Verletztheit und Wut, die in seinen Stellungnahmen zu spüren sind, stehen in einem ungünstigen Verhältnis zum Anlass, es wirkt kleinlich, wie er auf einzelnen Formulierungen Manns herumhackt, die Wucht und Gewitztheit seiner Polemik tropft ab an den Details. Dass er Adorno, den er als Stichwort-, Musik- und Musiktheoriegeber schnell erkannt hat, noch nie ausstehen konnte, kommt erschwerend hinzu. Schönberg erträgt das eitle, schmierige Gehabe des selbsternannten Schönbergspezialisten nicht. Wenn das Bewunderung sein soll, dann möge ihn Gott vor Bewunderung bewahren. Dass Schönberg Adorno in einem seiner Artikel »informer« nennt, also mit dem Wort, das das FBI für politische Spitzel verwendet, ist geschmacklos, aber ja vielleicht nur dem ungeübten Englisch Schönbergs geschuldet.

Thomas Mann und Arnold Schönberg werden ihr Kriegsbeil am Ende unter Mühen und zähen Verhandlungen begraben. Aber bevor sie das in der persönlichen Begegnung besiegeln können, stirbt Schönberg im Juli 1951.

1949
Deutschland

Im Oktober 1948 bekommt Mann Besuch von einem deutschen Ehepaar, das beruflich in New York war und extra die Flugreise nach Los Angeles auf sich genommen hat, um ihn zu treffen. Der männliche Part, Georges Motschan, ist ein Fan des Schriftstellers Thomas Mann. Er hat in der Schweiz vor elf Jahren, sechzehnjährig, die Bücher von Mann entdeckt, weil sein erzkonservativer, den Nazis nachplappernder Deutschlehrer sich gegen diesen Autor ausgelassen hatte. Das weckte seine Neugier, und die aus der Bibliothek ausgeliehenen »Buddenbrooks« bescherten ihm ein erstes prägendes Leseabenteuer. Mit dem Überschwang der Pubertät verfiel Motschan dem Werk Thomas Manns. Und da er gehört hatte, dass Mann in der Schweiz lebte, nahm er allen Mut zusammen, dem Verehrten zu schreiben. Was für ein Glück, als er einen handschriftlichen Antwortbrief erhielt. Und was für ein schwindelerregender Vorgang, als ihn Manns Frau anrief und ihn zum Tee einlud. Thomas Mann bekommt viel Post, aber er ist interessiert an der nächsten Generation, ist interessiert daran, auf welche Weise er von den jungen Leuten gelesen wird. Er merkt auf, wenn sich, wie unbeholfen auch immer, unter der üblichen Lobhudelei eine echte Frage bemerkbar macht, die Spur einer

Arbeit am Text, an der Lektüre. Motschan hatte sich gefragt, was das für ein philosophisches System ist, das am Ende der »Buddenbrooks« so wichtig wird, und er hat es mit viel Nachschlagearbeit herausgefunden: Schopenhauer! So etwas gefällt Mann, er führt ein langes Gespräch mit dem Sechzehnjährigen. Weil Motschans Familie aus der Sowjetunion ausgewandert ist, will Mann wissen, was er von den Schauprozessen und den Säuberungen Stalins hält und ob er glaubt, dass ein Krieg zwischen Hitler und Stalin möglich wäre. Aber das überfordert Motschan, ja, zu Hause wird Russisch gesprochen, aber als er in die Schweiz kam, war er erst vier Jahre alt, jetzt hat er gerade erst die Werke von Thomas Mann entdeckt! Motschan fährt wieder nach Zürich, beglückt, verwirrt, hält brieflichen Kontakt, nicht zu viel, nicht zu oft, er will nicht aufdringlich sein.

Als Mann 1947 in die Schweiz kam, hat sich kein Treffen ergeben, aber jetzt, elf Jahre nach der ersten Begegnung, sind er und seine Frau gerne und mit herzlicher Selbstverständlichkeit in Pacific Palisades empfangene Gäste. Sie sind zum Tee verabredet, Monika und Erika sind auch da. Die Stimmung ist gut, nicht zuletzt, weil der »Doktor Faustus«, wie schon der letzte Joseph-Roman, zum Book of the Month gekürt wurde. Nach einiger Zeit zieht Mann ihn ins Arbeitszimmer und möchte von ihm wissen, wie er die Lage in Deutschland einschätzt. 1949 jährt sich der Geburtstag Goethes zum zweihundertsten Mal, das wäre eine angemessene Gelegenheit, dieses Mal bei der anstehenden Europareise Deutschland zu besuchen. Nach sechzehn Jahren zum ersten Mal. Motschan kann insofern hilfreich sein, indem Mann mit ihm jemanden gegenübersitzen hat, dem er das

Für und Wider auseinandersetzen kann. Noch hilfreicher aber ist ein ganz praktischer Vorschlag: Er nenne einen geräumigen amerikanischen Buick sein Eigen, und es wäre ihm Ehre und Vergnügen, die Manns bei einem eventuellen Deutschlandaufenthalt zu chauffieren, sodass sie dieser pragmatischen Sorge schon einmal enthoben seien.

Der Entschluss fiel später, erst im Mai, als Mann bei seinem Vortrag zu »Goethe und die Demokratie« in Chicago mitgeteilt wurde, dass er zum Goethe-Preisträger gekürt worden sei.

*

Im August sind die Manns wieder zurück aus Europa. Müde, erschöpft, froh, wieder zu Hause zu sein. Der Gärtner Wattaru heißt Thomas Mann willkommen, beglückwünscht ihn zu der triumphalen Reise, er hat mitbekommen, wie Mann gefeiert wurde, welche Menschenmassen auf ihn warteten, ihm zujubelten. Sowohl in Frankfurt als auch in Weimar. Denn Thomas Mann wollte auch in die sowjetisch kontrollierte Zone, wollte im sich gerade heiß laufenden Kalten Krieg Symbolpolitik mit seiner Reise betreiben: Er kenne keine Zonen, er kenne nur Deutschland.

Aber so leicht lässt sich Realpolitik nicht wegsymbolisieren. Mann war natürlich klar, dass der Weimar-Besuch von den Sowjets publizistisch maximal ausgeschlachtet werden würde, sei's drum. Aber einige Stimmen lassen sich nicht als übliche antikommunistische Reflexe ignorieren. Eugen Kogon, der das KZ Buchenwald überlebt hat, klagt zum Beispiel Thomas Mann bitter an, dass er nicht darauf besteht, auch eben dieses KZ zu besuchen, das schon wieder ein Gefangenenlager ist, diesmal eben für politische Häftlinge der Sowjets.

Thomas Mann wird zu einem Symbol, das er nicht mehr kontrollieren kann. Das Ausmaß, mit dem er als nützlicher Idiot der Kommunisten diffamiert wird, ist dann aber doch verstörend. Schon im April hat das Life Magazine eine Doppelseite mit Porträtfotos abgedruckt von den Menschen, die als kommunistische »Dupes and Fellow Traveler« vermeintlich enttarnt werden. Dorothy Parker ist abgebildet, Norman Mailer, Albert Einstein, Charlie Chaplin. Und Thomas Mann. Wie ein Steckbrief. So wie die Nazis die von ihnen ausgebürgerten Personen medial an den Pranger gestellt haben. In guten Momenten fühlt sich Mann verpflichtet, weiterhin als Mahner aufzutreten, eben weil er über die lebendige Erinnerung verfügt, wie der Faschismus mit Vorgängen dieser Art immer mehr Raum gewinnen konnte. In schlechteren Momenten lässt er sich zu ungeschickten lobenden Äußerungen über den Systemfeind hinreißen, die es natürlich nur noch schlimmer machen.

Der Gärtner hat nur den Jubel und die Begeisterung der Menschen gesehen. Und trotzdem kann er Mann nicht nur beglückwünschen, er muss ihm auch kondolieren. Denn während der Reise, als die Manns in Stockholm waren, hat Klaus Mann einen weiteren Selbstmordversuch unternommen, diesmal erfolgreich. Mann war erschüttert. Und erbost. Das hätte er nicht tun dürfen. Das hätte er seiner Mutter und seiner Schwester Erika nicht antun dürfen. So einfach gibt man sich nicht seinem Dämon hin. Aber er kann es erklären, er kann es sich erklären. »Es gibt keine

Hoffnung.« »Wir sind geliefert! Wir sind geschlagen!« Das sind Sätze aus Klaus Manns letztem Essay; Thomas Mann wird sie benutzen für seinen Beitrag zum Gedenkbuch für seinen Sohn. Man werde zerrieben zwischen den beiden »anti-geistigen Riesenmächten – dem amerikanischen Geld und dem russischen Fanatismus«, heißt es weiter: »Wir sind gezwungen, Stellung zu nehmen und gerade dadurch alles zu verraten, was wir verteidigen und hochhalten sollten.« Eine Rationalisierung, gewiss. Trotzdem, in Thomas Manns Augen, wahr. Und damit gültig auch für ihn, Thomas Mann. Wozu zwingt man ihn denn die ganze Zeit, warum lässt man ihn nicht einfach weiterschreiben, denn nur im Schreiben kann er das aushalten, all die Gegensätze, zwischen denen man zerrissen werden könnte: Im Schreiben lassen sie sich schön verteilen, lassen sich ironisieren im großen, goetheschen Sinne, lassen sich interessant machen.

In seiner Goethe-Rede in der Paulskirche hat Mann das goethesche Schauen starkgemacht, den »geöffneten Blick für die Widersprüche« des Menschenlebens. Er sprach damit an gegen eine falsche Moral, gegen eine trügerische Nostalgie, die sich gegen alles Neue stellt, weil die Risiken seiner Durchsetzung zu groß sind. Wie bei »Faust«, der bei den groß angelegten Landgewinnungs-, also Zivilisierungsprojekten des zweiten Teils den Tod des alten Paares Philemon und Baucis in Kauf nimmt. Und auch den eigenen. Der Teufel ist immer im Spiel, der Fortschritt verlangt Opfer. Naiv, wer das verhindern wollte.

Aber ist Thomas Mann damit nicht zu sehr einem seinerseits alt gewordenen Denkmuster verhaftet? Könnte man sich nicht eben doch einen Fortschritt vorstellen, bei dem der Teufel nicht mitmischt? Oder eben genau daran arbeiten, an einem teufellosen Bessermachen? Ganz ohne Dämon? Undramatisch, oder halt einfach anders dramatisch?

1949

Besuch bei Gott

Gott besuchen – ist das eine gute Idee? Für einen selbst wird es mit Sicherheit unangenehm, aber ist die Gefahr nicht zu groß, dass auch Gott leidet? Soll man seine Schöpfung loben? Aber sind die Worte, die man für dieses Lob findet, nicht immer zu klein, zu karg: peinlich auch für Gott?

*

Susan Sontag, die in den Sechzigerjahren zu einer der aufregendsten amerikanischen Intellektuellen werden wird, ist im Dezember 1949 sechzehn Jahre alt und über die Winterferien in Kalifornien. Sie hat sich ein Bildungsprogramm auferlegt, sie liest sich durch alles Mögliche, was zu dieser Zeit als wichtig und gewichtig gilt. Sontag lässt sich anregen von einer Anthologie, die Weltliteratur versammelt, in der Mann gleich mehrfach vorkommt: mit seinem Brief an die Philosophische Fakultät der Bonner Universität, verfasst im Zuge der Aberkennung seines Ehrendoktortitels im Dezember 1936, mit seiner Novelle »Mario und der Zauberer« und mit dem Schneekapitel aus dem »Zauberberg«. Alles, was dort über den »Zauberberg« steht, ist ein großes Versprechen für einen bildungshungrigen Menschen: ein philosophischer Roman, der nicht nur die Fragen nach dem Wesen von Zeit stellt, nach dem Verhältnis von Leben, Krankheit und Tod und dem faustischen Ringen um die Seele des Menschen, sondern in dessen Inhalt es um die Bildungsgeschichte der Hauptfigur geht. Das Ganze zwischen den diskussionsseligen Kombattanten Settembrini und Naphta in zahllosen Streitgesprächen verhandelt. Ein Buch für ein ganzes Leben, schreibt die junge Sontag in ihr Tagebuch. Aber das ist überschwänglich gesagt und gedacht. Denn es ist eher ein Buch für die Begleitung einer entscheidenden Stelle des Bildungswegs, ein Buch zur gezielten Veränderung des Lebens, eine Einübung ins philosophische Denken, eine Dehnübung für die eigene Spekulationsfähigkeit. Gut, dass der Roman so umfangreich ist, dass man sich eine gute Weile in diesem Trainingsgebiet aufhalten kann. Sontag ist beflissen, sie lässt sich keine Zeile entgehen; Passagen auf Französisch werden sorgfältig übersetzt, das Geflecht der Leitmotive will bewältigt sein, die dramaturgische Struktur als Leserin souverän überblickt, dazu muss man mehrmals lesen, vor- und zurückblättern. Sie nutzt das Buch als Übungsbuch für das eigene Bildungsprogramm, die Fragen, die es stellt, werden Fragen für ihren eigenen Lebens- und Denkweg. Sontag ist dabei nicht allein, sie hat Mitleser und -denker unter den Studenten, sie befeuern sich gegenseitig, sie spornen sich an.

Wozu also mit dem Autor sprechen?

Aber der Autor lebt in Kalifornien, er steht im Telefonbuch, man kann ihn anrufen. Er geht dann nicht selbst ans Telefon, das ist Aufgabe seiner Frau. Aber wenn man dann um einen Termin bittet, weil man die Bücher von Thomas

Mann gelesen habe und gerne mit ihm sprechen würde, dann wird man überraschenderweise vorgelassen, kein freundlich negativer Bescheid wegen Arbeitsüberlastung des Großautors oder dergleichen. Aber erst übernimmt die Tochter, man ist gleichsam live dabei, wenn sie ihrem Vater die Bitte vorträgt, weil man dann einfach eine Weile lang nichts hört. Dann kommt die Stimme der Tochter zurück und sagt: »Mein Vater erwartet Sie nächsten Mittwoch um vier Uhr zum Tee.«

Sontag ist entsetzt, als sie erfährt, dass einer ihrer Zauberberg-Mitbewohner Thomas Mann einfach angerufen und den Termin vereinbart hat. Aber nicht hingehen geht ja nun auch nicht. Also fahren sie am Mittwoch zu dritt viel zu früh zum San Remo Drive, warten lange im Auto, bis sie endlich klingeln und von Katia Mann ins Wohnzimmer geführt werden. Thomas Mann sitzt auf der Couch. Aus der Perspektive von Sechzehnjährigen sitzt dort ein sehr, sehr alter Mann. Die Augen ganz klein hinter der Brille, die Haut so weiß, dass sich die Adern deutlich abzeichnen. Zerbrechlich wirkt der Mann, auch wenn er sehr aufrecht sitzt. »Heute um sechs haben E, F und ich Gott befragt«, schreibt Sontag später in ihr Tagebuch.

Es ist genau so schrecklich wie erwartet.

Als Teenager ist man noch nicht besonders routiniert im Small Talk, als bewundernde Teenager würde die Unsicherheit jede Routiniertheit ohnehin pulverisieren. Sontag und ihre Freunde hangeln sich durch das Gespräch, man ist froh, wenn einer wieder eine Frage einigermaßen wohlformuliert herausgebracht hat, die der große Autor beantwortet, die er also nicht als haltlos naiv oder dergleichen verwirft.

Sontag leidet an der Mühsal dieser Konvention, dauernd ist sie am Nachdenken über die Situation, über die Anmaßung, dem Autor die Zeit zu stehlen, sie driftet ab, lässt ihren Blick durch das Arbeitszimmer, in das in der Zwischenzeit gewechselt wurde, schweifen, versucht die Bücher am Rücken zu erkennen, scheitert an der Frakturschrift der deutschsprachigen Bücher. Sie verfolgt die Gesten von Thomas Mann, sie amüsiert sich über den schmalen Schnurrbart: als würde sein Mund einen Hut tragen.

Aber die Schwierigkeit dieses Treffens liegt nicht nur an den jungen Leuten. Der erste Schock für Sontag ist nicht, wie alt und zerbrechlich der Autor ist. Sondern dass er genauso aussieht wie auf den Fotos, die sie kennt. Mann trägt denselben Anzug, dieselben weißen Schuhe, und war auch der Pudel in der Nähe, oder ist das eine Täuschung der Erinnerung, weil man Ende gar nicht mehr entscheiden kann, was man real gesehen hat und was nur auf den Fotos. Oder ist es schlimmer: dass auch das vermeintlich Reale nur eine Inszenierung ist?

Sontag ist fast beeindruckt, wie perfekt Thomas Mann das Bild von ihm selbst nachstellen kann. Sie ist aber enttäuscht, fast verärgert, als sie immer mehr das Gefühl hat, dass sie auch all die Sätze, die Mann sagt, schon mal gelesen hat. Phrasen, wie sie auf dem begrenzten Platz eines Interviews nun mal fallen. Die man sich als Autor zurechtgelegt hat, weil ja nun doch immer wieder dieselben Fragen gestellt werden.

Mann spricht sehr langsam, eine Pause zwischen jedem Wort. Liegt es daran, dass er immer noch mit der englischen Sprache ringt? Dass er denkt, dass er vor den jungen Leuten langsam und deutlich sprechen muss, damit sie auch ja alles verstehen?

Dann kommt Katja, bringt Kekse, Tee und Kuchen, man wechselt vom Schreibtisch zur geblümten Couch. Thomas Mann gibt sich alle Mühe, er ist interessiert an den jungen Menschen, er ist interessiert an den Menschen, die in dem Amerika erwachsen werden, das für ihn lange Zeit so viel gesellschaftliche Hoffnung barg. Also stellt nun auch er Fragen. Was sie denn so studieren würden? Was sie so lesen würden außer ihm? Doch bestimmt Hemingway! Mit Hemingway kann er bestimmt nicht viel falsch machen, dauernd wird über Hemingway gesprochen, Hemingway scheint ihm einer der amerikanischsten unter den amerikanischen Autoren zu sein. Aber keiner seiner Gäste hat Hemingway gelesen, nun gut, eine kleine Peinlichkeit, das hält man aus. Dann ist der Besuch zu Ende, Mann hat sich viel Zeit genommen, der Tag war anstrengend, viel Post, viel Alltagsgeschäft.

*

Lektüre ist für Sontag im Jahr 1949 wesentlicher Bestandteil ihres Bildungsprogrammes. Aber nicht der einzige. Sontag arbeitet auch an so etwas wie einer Lebensverfassung, so, wie es Thomas Mann für sich gemacht hat. Aber Sontags Verfassung ist eine deutlich freiheitlichere. Sie muss nichts unterdrücken, um einem vorgefundenen Lebensentwurf zu entsprechen. Sie macht Erfahrungen. Probiert Freiheiten aus. Verletzt unabsichtlich Menschen, hält es aus, von ihnen verletzt zu werden. Lernt, dass sie Sex haben wollen kann, mit wem sie will. Trifft freundliche, alte Götter, die ihr nichts mehr zu sagen haben. Schmerz, Wut, Abgrund: alles da. Aber vielleicht gelingt es ja, das alles irgendwie produktiv zu wenden. Zivilisierte Dämonie. Nüchterner Humanismus. Die Präambel von Sontags Verfassung: »Ich bin lebendig … Ich bin schön … was braucht es mehr?« Und als letzter Eintrag 1949 im Tagebuch der Vorsatz: »Ein neues Jahr! Aber diesmal wird kein Mist gebaut …«

1952

Abschied

Thomas Mann hat sich selbst überlebt. Zumindest hat er seine eigene Prophezeiung überlebt, dass er das einundsiebzigste Lebensjahr nicht erreichen werde. Er hat ein Lungenkarzinom und dessen operative Entfernung überlebt. Er hat mit dem »Doktor Faustus« den Roman geschrieben, den er als seinen »Parsifal«, also seinen letzten Roman, ansieht. Er hat sogar einen Roman über die Entstehung dieses Romans geschrieben, und er lebt immer noch.

Also schreibt er weiter. Es gibt einen Stoff, den eigentlich Leverkühn bearbeiten sollte, den Mann dann aber zu reizvoll fand, um ihn nur einer Romanfigur zu überlassen: die mittelalterliche Legende vom heiligen Gregorius, der nach unwissentlichem Inzest mit seiner Mutter und siebzehnjähriger Buße festgekettet auf einem Felsen zum »sehr großen Papst« wird. Mann macht daraus »Der Erwählte«, einen rasanten, sehr komischen Roman, als würde er sich und seinen Lesern eine Auszeit gönnen von den Abgründen der deutschen Seele. Und als auch der fertig ist, nimmt er sich endlich den Felix Krull wieder vor.

*

»Ich brauche Heiterkeit«, schrieb Mann 1938 ins Tagebuch, als Vorsatz, sich von den Zeitläufen nicht zu sehr bedrängen zu lassen. Aber soviel Heiterkeit Mann auch in seinen Romanen herzustellen vermag, es reicht nicht aus. Schon damals ließ sich der Vorsatz nicht durchhalten, stattdessen intensivierte Mann seinen öffentlichen Kampf gegen die Nazis. Jetzt will er es in einem Amerika, das so hässliche Züge angenommen hat, nicht mehr versuchen, heiter zu leben und erst recht nicht zu sterben. Er hat keine Wurzeln geschlagen, er hat keine amerikanischen Freunde gewonnen. Von den alten Freunden und Bekannten sind Bruno Frank und Franz Werfel inzwischen gestorben. Heinrich ist 1950 gestorben, bevor er in die DDR reisen und dort das ihm zugetragene Amt des Präsidenten der Deutschen Akademie der Künste in Ost-Berlin antreten konnte. Bruno Walter nicht mehr in der Nähe zu haben, weil der in Los Angeles bleibt, wäre für Thomas Mann möglicherweise bedauerlich. Aber wohin sollen er und Katia gehen? Mann amüsiert sich über eine Anekdote, die in diesen Monaten kursiert: Zwei Freunde segeln, der eine von Europa nach Amerika, der andere in umgekehrter Richtung. Die Schiffe treffen sich mitten auf dem Ozean, die beiden stehen an der Reling und gleichzeitig ruft einer dem anderen zu: »Bist du wahnsinnig?!«

*

Im Februar 1952 sind die Manns bei einem dieser Anlässe, wo viele zusammenkommen, aber eben merkbar weniger als früher. Die amerikanische Uraufführung von Feuchtwangers

»Der Teufel in Boston« findet im Circle Theater in Hollywood statt, einem winzigen Raum, wo kaum Kulissen möglich sind, also volle Konzentration auf dem Text liegt. Dieser Abend wird auch eine Art Abschied werden.

»Das Publikum war ungefähr das beste, das hierzulande aufzutreiben ist«, schreibt Feuchtwanger. Thomas Mann ist damit gemeint, Fritz Lang. Auch Charlie Chaplin, dessen Sohn Sydney das Theater mit einigen Mitstudenten 1946 gegründet hat. Der Abend ist ein Erfolg, das Stück wird eine schöne Weile lang gespielt. Dass es heute nicht mehr im allgemeinen Bewusstsein ist, liegt auch daran, dass Arthur Miller nur ein Jahr später mit der New Yorker Premiere seines Stücks »Hexenjagd« denselben historischen Stoff bearbeitet und einen noch größeren Erfolg hat.

Dass sich zwei Autoren unabhängig voneinander denselben Stoff aus dem siebzehnten Jahrhundert vornehmen, ist kein Zufall. Zu gut lässt sich die Geschichte für eine Anklage der Gegenwart benutzen. Junge Mädchen zeitigen in einer Gemeinde ungebührliches Verhalten, sie scheinen vom Teufel besessen, also versucht man herauszufinden, wer von den Erwachsenen dafür verantwortlich ist, wer also mit dem Teufel im Bunde steht. Unchristliche Umtriebe, könnte man sagen. Angeheizt durch den moralischen Furor des Leiters der Untersuchungen entsteht ein Klima der Verdächtigungen, bald gibt es die ersten Denunziationen, es kommt zu den Hexenprozessen von Salem, Menschen werden hingerichtet. Ob sich wohl auch das FBI unter die Premierengäste gemischt hat, fragt sich Thomas Mann.

Der ermittelnde, die Gemeinde exorzierende Geistliche ist bei Feuchtwanger kein Schurke und kein blindwütiger

Fanatiker. Er ist ein brillanter Theologe und will treu zu seinem Glauben stehen. Er ist Handlanger einer restriktiven politischen Situation, die die Ablenkung und die entpolitisierende Furcht vor der Teufelsbesessenheit gut gebrauchen kann. Aber Feuchtwanger ist Optimist. Die Vernünftigen gewinnen am Ende, die Masse schlägt sich auf deren Seite. Die Masse ist leicht zu berauschen, aber ebenso leicht lässt sie sich ausnüchtern, sagt Feuchtwanger. »Der Tyrann aber, wie immer sein Name lauten mag, sitzt ehern und einsam in seinem Bunker, manchmal unter und manchmal über der Erde«, schreibt Ludwig Marcuse in seiner Premierenkritik.

Mann ist in dieser Hinsicht kein Optimist. Wann war noch mal die Phase der Nüchternheit? Als Chaplin im Herbst 1952 zu einer Werbetournee nach England unterwegs ist, wird ihm signalisiert, dass er sich bei seiner Wiedereinreise in die USA einer Untersuchung wegen des Verdachts unamerikanischer Umtriebe unterziehen muss. Er entscheidet sich, in Europa zu bleiben.

Schon im Juni 1952 waren die Manns mit Erika nach einer Station in Erlenbach nach Kilchberg bei Zürich gezogen. Genauer gesagt, sie waren von einem der Schweiz-Aufenthalte einfach nicht mehr zurückgekehrt. Nach Deutschland zu gehen war keine Option. Deutschland hat er ja in sich, das äußere erträgt er nicht.

*

In den Siebzigern taucht Thomas Mann, geraume Zeit nach seinem Tod in der Schweiz 1955, in Kalifornien noch einmal auf. Er erscheint Eva Herrmann, die ein immer intimer werdendes Verhältnis zu den Geistern Verstorbener unterhält und deren Stimmen in einem Buch versammelt. Thomas Mann steuert aus dem Jenseits ein Nachwort dazu bei. Die ersten Jahre im Jenseits habe er der Veredelung seines Selbst gewidmet, sagt, schreibt, telepathiert er. Keine leichte Aufgabe für ihn, denn dazu »war es notwendig, mit einer mir völlig ungewohnten Selbstkritik vorzugehen, die mir zunächst äußerst schwerfiel.« Er schafft es natürlich dennoch.

Leaving California

Döblin ist schon 1945 wieder nach Europa zurückgekehrt und wird Literaturinspekteur der französischen Militärverwaltung in Baden-Baden. Seine Hoffnung auf eine den Menschheitsverbrechen angemessene Neugestaltung Deutschlands wird enttäuscht. Thomas Mann steht er zunehmend feindselig gegenüber und versucht gegen dessen Ruhm anzuschreiben.

*

Horkheimer entscheidet sich nach einigem Zögern, ab 1950 das Institut für Sozialforschung in Frankfurt am Main gemeinsam mit Pollock und Adorno wiederaufzubauen. Adorno muss nach der Veröffentlichung der Briefe Thomas Manns dessen despektierliche Äußerungen zur Kenntnis nehmen. Mann schrieb an einen Dritten über Adorno: »Mit der ›Entstehung‹ habe ich einen recht starken Scheinwerfer auf ihn gerichtet, in dessen Licht er sich in nicht ganz angenehmer Weise bläht, sodaß es bei ihm nachgerade so herauskommt, als habe eigentlich er den ›Faustus‹ geschrieben.«

*

Susan Sontag zieht 1957 nach Oxford, dann nach Paris und nach ihrer Rückkehr in die USA am 1. Januar 1959 nach New York.

*

Feuchtwanger bleibt bis zu seinem Tod 1958 in Kalifornien. Allerdings zwangsweise. Denn seine Einbürgerung wird immer weiter herausgezögert, und ohne Pass wagt er nicht, auszureisen. Am Tag nach seinem Tod bekommt Marta einen Anruf, dass die Einwilligung kurz bevorgestanden hätte.

*

Huxley und Isherwood bleiben in Kalifornien.

*

Monika Mann überrascht die Thomas-Mann-Gemeinde und die anderen Familienmitglieder mit ihren feinen, eigenwilligen »Erinnerungen«. Den Moment, an dem während ihres Schreibens der Vater stirbt, markiert sie im Text mit einem Kreuz.

*

Katia überlebt nicht nur ihren Mann und ihren Sohn Klaus, sondern auch Erika, die 1969 an einem Gehirntumor stirbt. Dass 1977 auch Michael während der Arbeit an einer Edition der Tagebücher seines Vaters an einer Mischung aus Alkohol und Barbituraten stirbt, verheimlicht man der inzwischen dement Gewordenen.

*

Golo Mann wird zu einem der bedeutendsten konservativen Historiker der jungen Bundesrepublik.

*

Elisabeth wird zu einer Kämpferin für die Freiheit und ökologische Unversehrtheit der Meere. Sie ist die Hauptgesprächspartnerin in Heinrich Breloers Fernsehdreiteiler von 2001 zu den Manns, der einen starken Popularisierungsschub für den Autor Thomas Mann bedeutet. Breloers Frage, ob sie die Einzige sei, die mit dieser Familie versöhnt sei, verneint sie eher nicht.

*

Frido ist Ehrengast, als Bundespräsident Walter Steinmeier 2018 das von der Bundesrepublik frisch erworbene Thomas-Mann-Haus als transatlantische Begegnungsstätte eröffnet. Das Thema der ersten Konferenz lautet: Der Kampf um die Demokratie.

Anmerkung zu den Quellen

Das Kapitel »1946: Ein schönes Gespräch« hat »Das 14. Kapitel« als Untertitel, weil es sich an »Das siebte Kapitel« aus »Lotte in Weimar« anlehnt, wo Thomas Mann Goethe nach dem Aufwachen ins Denken und Sprechen kommen lässt. »Gemurmel« wird das von Thomas Mann auch genannt. (Worauf mit dem Wort »Pracht« verwiesen wird, möge jede*r selbst nachsehen.) Im 14. Kapitel werden Zitatfetzen unterschiedlichster Herkunft montiert und modifiziert. Welche genau und wie auch an anderen Stellen und überhaupt in diesem Buch Quellen, Fiktionen und Darstellungen genutzt werden, um der Haupt- und den Nebenfiguren dieses Textes nahe zu kommen, ohne ihnen zu nahe zu treten, lässt sich hier nachvollziehen:

www.dumont-buchverlag.de/paradies-quellen

Sie können die Quellen auch über den Verlag beziehen:
DuMont Buchverlag GmbH & Co. KG
Stichwort: Paradies Quellen
Amsterdamer Str. 192
D–50735 Köln

Dank

an Michael Gaeb für den Titel, an Tanja Rauch für die Begeisterung und Lässigkeitsermutigung, an Ines für die Erstlektüre, die Palme und alles andere.

MIX
Papier | Fördert gute Waldnutzung
FSC® C083411

Das bei der Produktion dieses Buches entstandene CO_2 wurde durch die Finanzierung von Klimaschutzprojekten kompensiert:
climate-id.com/17531-2110-1001/de

1. Auflage 2025
© 2025 DuMont Buchverlag, Köln
Alle Rechte vorbehalten
Umschlaggestaltung: Lübbeke Naumann Thoben, Köln
Satz: Angelika Kudella, Köln
Gesetzt aus der Caslon Pro
Druck und Verarbeitung: CPI books GmbH, Leck
Gedruckt auf säurefreiem und chlorfrei gebleichtem Papier
Printed in Germany
ISBN 978-3-7558-0033-0

www.dumont-buchverlag.de